D+

dear+ novel

Ai wo meshiagare ・・・・・・・・・・・・・・

愛を召しあがれ

彩東あやね

新書館ディアプラス文庫

愛を召しあがれ

contents

illustration : 羽純ハナ

愛を召しあがれ

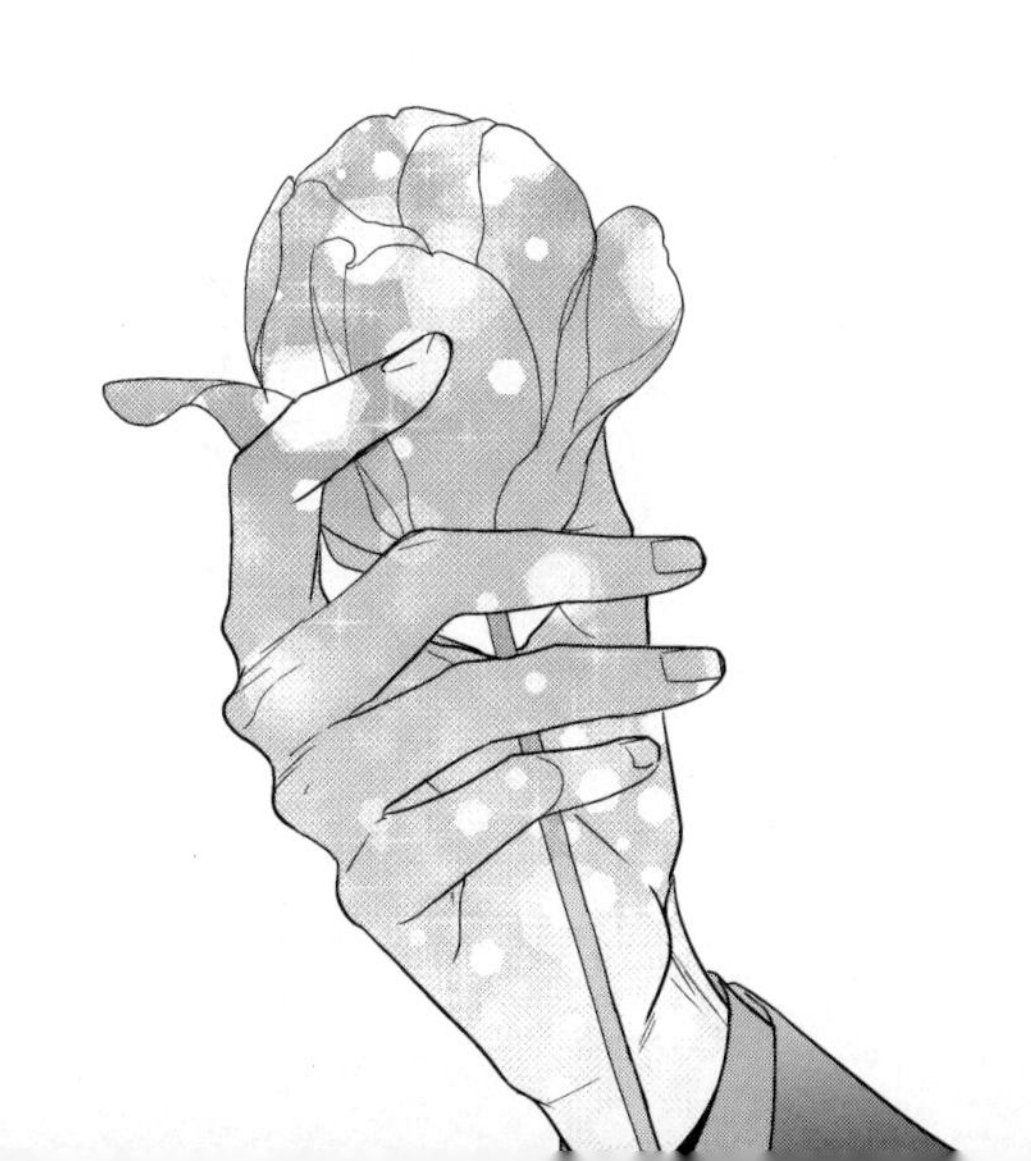

「おはようござ――」

郁生がバックルームの扉を開けた瞬間だった。ホール係のアルバイトの男の子がだだっと駆けてきて、バケツに活けられた花束を郁生に差しだしてくる。

「こここ、これを守屋さんにっ」

がちがちに強張った男の子の顔を見つめてから、花束に目を落とす。黄色とピンクのチューリップが五本ずつ。かわいいなと思ったが、意味が分からない。

「ぼくに？　どうして」

今日は郁生の誕生日でもなければクリスマスでもない。なんの行事ごともないはずの四月の第一水曜日だ。戸惑いながらバケツごと受けとると、男の子はぱっと両手をあげて郁生の前から飛びのいた。

「かか、確実にお渡ししましたからっ。ちゃんと水に浸けておいたから枯れてないはずです。俺は無関係ですので！」

そのまま走ってバックルームを出ていかれ、「え、あ、ちょっ」と叫ぶ郁生の声が宙に浮く。まさかよからぬものでも仕込まれているのだろうか。バケツを床に置いて覗き込んでいると、同僚の沢木がコックコートに着替える手を止め、ぷっと噴きだした。

「そのチューリップ、刀瀬さんからだよ。昨日店に来たんだ。郁は休みだっただろ？」

「あ……なんだ、そういうことか」

ホール係の男の子が脱兎のごとく逃げだすのも納得がいく。ため息をついたとき、花束に名刺が添えられていることに気がついた。ぽりぽりとこめかみをかいてから、フラワーショップのシールでとめられているそれを引き剝がし、自分のロッカーに貼りつける。

刀瀬というのは、郁生がコックとして働く店、フレンチレストランの『ル・シェノン』にやってくる客だ。年齢は三十歳くらいだろうか。去年の夏にランチタイムに来店したのが初めてだったと思う。会計のときに「うまい店だな、ここは」と話しかけられたので、『ル・シェノン』の料理が口に合ったのだろう。それ以降、だいたい月に一、二度の頻度でランチタイムに来店する。

ただし、手ぶらではまず来ない。

刀瀬は必ず郁生宛にちょっとしたギフト——花束や鉢植えや菓子などを持ってくる。

「沢ちん、これってどう思う？　ぼくは刀瀬さんに気に入られてるってこと？」

「そりゃそうだろ。うちの料理が食べたいだけなら、花束なんか持ってこないって。サービス料込みの値段で提供してんだからさ」

「…………」

薄々分かってはいたが、はっきり言葉にされるとうなだれてしまう。

調理師専門学校を卒業して『ル・シェノン』で働きだして三年目。オーナーシェフの前では見習い同然の郁生に固定客がつくなど、かなりすごいことだ。だから目をかけてくれる刀瀬の存在をありがたいなと思っている。

　だが、どうしても刀瀬の職業が引っかかり、手放しで喜ぶことができない。コックコートに着替えながら、どんよりした眸(ひとみ)を名刺に向ける。

　刀瀬組若頭(わかがしら)、刀瀬将吾(しょうご)――。

　何々組というのは建設業の屋号でまま見かけるものの、肩書きに若頭と入っていれば、どんなに疎(うと)い人間でも極道だと気づくだろう。とどめを刺すかのように金の箔(はく)押しで代紋(だいもん)まで入っている名刺だ。こんなものとともに花束を預かるはめになったアルバイトの男の子は、生きた心地がしなかったにちがいない。郁生も「ま、お守りがわりに持っておけ」と初めて刀瀬から名刺を渡されたとき、笑顔が見事に凍りついてしまったのを覚えている。

（にしても、チューリップって……）

　やくざの若頭が選ぶにしてはかわいすぎるし、刀瀬の見た目にも合っていない。刀瀬は派手な顔立ちをした男前なのだ。眉も睫毛(まつげ)も濃くて、バランスのとれた長躯(ちょうく)にはダークカラーのスーツがよく似合う。動物にたとえるならライオンだ。それも黒いライオン。名刺をもらう前まではてっきり幹部職のホストか、どこかのクラブのオーナーだと思っていた。

「刀瀬さん、なんでぼくのことが気に入ったんだろ。全然心当たりがないんだよね」

「郁の料理が気に入ったんだろ。ときどき郁がランチのメインを担当してるじゃん」

「えー？　誰が作ったかなんて気にするかなぁ。確かにうちは対面タイプの厨房だけど、ぼくはただの雇われコックだし――」

　言いながら思いだした。そういえば、厨房にもホールにも人手が足りない日のランチタイムに、自分が作ったものをそのまま刀瀬の待つテーブルに運んだことがある。

「おどろいたよ。手際よく作れるんだな」とえらく感心されたので、きっと刀瀬は郁生が厨房に立っているときから見ていたのだろう。帰り際には、「うまかった、さすがだな」と笑顔を向けられた。思えばその日を境に、刀瀬はちょっとしたギフトを郁生に持ってくるようになった気がする。

　なるほどと納得しかけたのも束の間、すぐに「いやいや、ないない」と首を横に振る。

「だって作るのはぼくでも、レシピはオーナーシェフが決めるんだよ？　沢ちんが作っても同じ味になるってば」

「刀瀬さんにとっては同じ味じゃないってことだろ。だってあの人、俺にはチューリップなんか持ってこないし」

「だーかーらー、それが不思議だなって話をしてんの」

　いったい郁生と他のコックでは何がちがうのか。うーんと唸りながら鏡の前でコック帽をかぶっていると、沢木が「あっ」と声を上げる。

「もしかして郁のことが好きだったりして」

「誰が？」

「刀瀬さん」

ぱちっと瞬いてからしばらく固まり、「ええーっ」と顔をしかめる。

「なんでぼくなんだよ。いくらでも女の子はいるじゃん。うちの店にも世間にも」

「んなの知らないって。蓼食う虫も好き好きだって昔から言うだろ？　郁に心当たりがないんなら、そういうことなんじゃないの？」

沢木は自分で言っておきながら「こえぇ」と肩を竦め、バックルームを出ていく。

「あっ、ちょっと待っ——」

呼び止めようとしたときにはすでに扉は閉まっていて、郁生だけがバックルームに残された。

（……んだよ、他人事だと思って）

短く鼻息を吐いてから、鏡に映る自分に目を向ける。

特別美形でもなければ、女顔でもない。眸はどんぐりを横にしたような形だし、鼻は一応ついている程度だ。栗色の髪は常に爆発気味の天然パーマで、小学校時代は名字の『守屋』をもじられて、『もふや』と呼ばれていた。髪質以外の地味さを象徴するように恋愛らしいことにも縁がなく、二十四歳になったいまでも童貞を守っている。

「蓼食う虫も好き好き、か」

ずいぶんな言われようだが、あらためて自分と向き合うと、なるほどなと思ってしまう。

男振りのいい刀瀬が蓼を好む虫には思えないので、沢木の勝手な意見だろう。沢木はどちらかというと、思いついたことをそのまま口にするタイプだ。今日は郁生がぐずついたことを言っていたので、やりとりが面倒になったというのもあるかもしれない。

口をへの字に曲げてバックルームを出ようとしたとき、ロッカーの扉に貼りつけた名刺が剝がれ落ちそうになっていることに気がついた。

相手の職業が何であれ、顧客は顧客だ。それも郁生に春の花を持ってきてくれた人。たくさんの花のなかからチューリップを選ぶ時点で、刀瀬はそう悪い人ではない気がする。

「あとで刀瀬さんにお礼状を書こっかな」

ひとり笑みながら名刺を剝がし、丁寧にパンツの後ろポケットにしまう。

『ル・シェノン』はランチタイムとディナータイムの二部制になっていて、出勤してすぐの作業はランチの仕込みになる。

とはいえ、郁生はまだまだ半人前だ。メニューのなかの一品を任される日はいいほうで、ホール係にまわることもあるし、野菜を洗って切っての繰り返しで一日が終わることもある。同期の沢木は「やってらんねえ」としょっちゅうぼやいているが、郁生は専門学校に入学したときから何がなんでも料理にかかわる仕事がしたかったので、どんな作業を指示されても、あまり苦にならない。

きっと祖母の影響だろう。畑で収穫した土まみれの野菜が、祖母が台所で煮たり焼いたりすると、ごちそうに変わる。幼い頃の郁生は、祖母は魔法使いなんだと本気で信じていた。

あの頃の郁生から見れば、老舗のフレンチレストランで働くいまの郁生も、魔法使いのひとりかもしれない。今日は「サラダを任せるぞ」とオーナーシェフに言われたので、気合い満々だ。前のめりになって「はいっ」とうなずき、シェフの指示どおり、五種類の野菜をクルトンサイズに切っていく。

これは春野菜のマセドワーヌという一品になる。ようはミニミニのコロコロサラダだ。マヨネーズソースで和えるのが定番だが、今日はわさびを利かせたクリームソースで和える。

「守屋。マセドワーヌはディナーにも使いたい。多めに用意しておいてくれ」

「かしこまりました」

野菜を切っている間にもベテランのコックから指示が飛ぶので、あれこれと動きまわっているうちにランチタイムに突入してしまうのはいつものことだ。ランチタイムを終えると急いで賄いをかき込み、次はディナーの仕込みをする。

ディナーはランチとちがってフルコースになるため、段取りをしっかり頭に叩きこんでおかないと、他のコックの足手まといになってしまう。その上、ディナーのメインはコックが客の待つテーブルに届けるのが『ル・シェノン』のサービスのひとつになっているので、ひとたびディナータイムが始まると、息つく暇もない。

「お待たせいたしました。仔牛のロースト、ブルゴーニュ風でございます」

にっこり微笑んで、二人の女性客の待つテーブルにメインを運ぶ。

料理の特徴を説明して「ごゆっくりどうぞ」と頭を下げたとき、ホールの入り口が騒がしいことに気がついた。

「ただいま満席でして」と詫びるホール係の声と、「あたしは食事をしにきたんじゃないのよ。いいからうちの子を呼んでちょうだい、早く」とまくしたてる女性の声がする。

食事中の客に用があるということだろうか。厨房に戻りながらさりげなく視線をやると、栗色の髪を振り乱してホール係につめ寄る女性とばっちり目が合ってしまった。

（か、母さん⁉）

若い子が着るようなひらひらした服に、がっつりメイク。しばらく会っていなかったが、まちがいない。ざっと鳥肌が立ち、咄嗟に顔ごと目を逸らす。だが母は郁生を見逃さなかったようだ。「ああん、郁ちゃあん」と大声で呼ばれてしまい、目の前が暗くなる。

『ル・シェノン』で働いていることは伝えていないのに、どうして分かったのだろう。この人は昔から面倒ばかり引き起こすのだ。すぐに母の腕を引っ摑み、ホールからも厨房からも見えない柱の陰に連れていく。

「母さん、いったい何。今月分の生活費ならとっくに振り込んでるよ。てか、どうしてここが分かったの」

「母親なんだから郁ちゃんの就職先くらい、本気になれば見つけだせるわよ。それよりも、ほんっと申し訳ないんだけど……お金貸してちょうだい。今夜中に必要なのよ」

浪費家の母がお金に困っているのはいつものことなので、いまにも泣きだしそうな顔で「一生のお願い！」と手を合わされても、はいはいとしか思わない。財布に三千円くらいならあったかなと考えながら、「いくら？」と訊いてみる。

「ええっとね、八百万円」

「はっ……はっぴゃくまんえん？」

想像もしていなかった金額におどろき、腰が抜けそうになった。

「ななな、なんでそんな大金……ぼくが持ってるわけがないじゃんっ！　いったい何に使うつもり!?」

「馬鹿ね。これから使うんじゃなくて、もう使っちゃったってこと。ネイルのお店を開こうと思ったんだけど、うまくいかなくて。ねえ、郁ちゃん、どうにかなんない？　今夜中に返さないと、東京湾に沈めるぞって脅(おど)されてんのよ」

「と、東京湾に……沈める……？」

あまりにも物騒(ぶっそう)な言葉を聞いてしまい、視界が暗転した。

幼い郁生を祖母に任せっ放しにして家出をしたり、若い恋人に夢中になったりと、好き勝手に生きてきた人だが、一応は母親だ。なんとかしてやりたくても、どうしようもできない。今夜はあと四時間程度で終わってしまう。

「む……無理だよ、そんな……はっぴゃくまんえんって……」

抜け殻のようになっていると、ふいに母に腕を引かれた。

「やだ、郁ちゃん。追いつかれたみたい」

「え？」

母の視線を辿り、ぎょっとした。ガラスの向こう、店を出てすぐの通りに、半グレ風の男たちがうろついている。

「あいつらが取り立て役なのよ。逃げても逃げても、ほんとにしつこくて――」

母が言っているさなか、男のひとりがこちらに顔を向けた。

ガラス越しに目が合って数秒、「おおい、いたぞー！」と叫ばれてしまい、母と揃って真っ青になる。

「大変、見つかっちゃった！　郁ちゃん、裏口はどこ？　表からはもう逃げられないわ」

「だめだよ、裏口は厨房を通らないと行けないんだ。とりあえずトイレにでも隠れ――」

「ありがと。厨房を通ったらいいのね」

母が体を縮めて柱の陰から飛びだす。

「ちょっ、だめだって！」

咄嗟に引き戻そうとしたが、母が駆けだすほうが早かった。母はホール係を突き飛ばしてホールに突進し、メインの皿をテーブルに運ぼうとしている沢木にぶつかる。

（ひゃあああーっ）

　仔牛のローストは皿ごと床に落ちて散らばり、近くのテーブルにいた客が悲鳴を上げた。だが母はそんなものなど目にも入っていない様子で、コックたちの働く厨房に向かっている。

「ちょ、郁っ。誰なんだよ、あの人！」

「ごご、ごめ……」

　ここまでの騒ぎになってしまうと、もはやごまかす術はない。覚悟を決めて母の腕を引っ摑み、郁生もいっしょになって厨房に駆け込む。突っ切るときに腰が触れてしまったのか、つけ合わせを盛ったバットが音を立てて床に散らばる。後ろに視線を走らせると、ホール係が半グレ風の男たちと揉み合っているのが見えた。

「どうした、なんの騒ぎだ」

　ホールのほうに向かいかけるオーナーシェフに「すみません、今日は早退扱いで！」と叫び、母を連れて厨房を飛びだす。

　バックルームに寄って着替えたいのが本音だが、おそらくそんな時間はないだろう。母の手を引き、従業員用の裏口から逃げだす。けれどこれがよくなかったらしい。歳に似合わず若作りの女と、コックコートの男が必死の形相で通りを駆けているのだ。街並みにも人の波にもまったくまぎれることができず、あっさり男たちに見つかった。巻き舌の怒号と荒々しい足音が背後に迫る。

（な、なんでこんなことになってんだよぉ）

とても逃げきれそうにない。コック帽を押さえて必死に走っていたとき、フラワーショップの看板が目に入った。滅多に通らない道なのに、なぜか看板には見覚えがある。

（あっ、刀瀬さんの名刺をとめてたシールといっしょだ！）

刀瀬の名刺をパンツの後ろポケットにしまっていることを思いだし、母の手を引いてフラワーショップに逃げ込む。「いらっしゃいませー」と店員から朗らかな声をかけられたが、応える余裕はない。素早く店内を見まわしてから、大きな観葉植物の陰に母を連れていく。

「母さん、スマホ貸して。早く」

「えー。郁ちゃん、持ってないの？」

「ぼくのはバックルームのロッカーのなかなんだよっ。お願いだから早く出して！」

母がバッグから取りだしたスマホを奪うようにして手にすると、刀瀬の名刺にしるされている電話番号を押す。

やくざ風の男たちには、ガチのやくざを。頼れるのはもう刀瀬しかいない。

（どうか電話に出てくれますように！）

祈りが通じたのか、三コールもしないうちに通話が繋がった。『刀瀬だ』と一言、太くて低い声が耳たぶに触れる。

「お願いです、刀瀬さん。どうか助けてください。怖い人たちに追われているんです！」

『あ？　誰だ、てめえ』

どすの利いた声を返され、はっとした。

「えっと、守屋です。守屋郁生。『ル・シェノン』で働いてます」

『守屋？』

「あっ、昨日はチューリップの花束をありがとうございました」

刀瀬はチューリップの花束で思いだしたらしい。声が途端に親しみのこもったものになる。

『ああ、お前か。頭のもふついたコックの。花は気にすんな。たまたま見かけた店で買っただけで――』

雑談が長くなりそうな気配がしたので、刀瀬の言葉を遮り、「助けてくださいっ」と訴える。

『うん？　なんかあったのか？』

「追われてるんです、借金取りに。東京湾に沈めるぞって脅されてて……ああっ、ぼくじゃないです、母です。母が闇金業者からお金を借りてて、今夜中に返さないといけないらしくて、ぼくもなぜかいっしょに逃げてるとこでして！」

焦りすぎてうまく説明できなかったが、逆にそれがよかったらしい。刀瀬の声のトーンが再び低くなる。

『いま、どこにいる』

「フラワーショップです。刀瀬さんがチューリップを買ってくださったお店だと思います。看板とシールのデザインが同じなので」

『あの店か。待ってろ、すぐに行ってやる』

「ありがとうございますっ」

ほっとして通話を終えると、さっそく母がコックコートの袖を引っ張ってくる。

「郁ちゃん、電話の相手は誰。助けてくれるの？」

「たぶんね。とりあえず隠れていようよ。下手に動いたら借金取りに見つかってしまうから」

このまま観葉植物の陰で刀瀬を待つことができればと思っていたのだが、甘かった。

「いたぞ！」

ふいに背後からかかった声に、びくっと大きく肩が跳ねあがる。

あの男たちだ。荒々しい足取りで店内に踏み込んでこられ、「きゃあ」と母が悲鳴を上げる。

「こんの、クソババァ。手間かけさせやがって」

「放してよ、痛いじゃない」

「てめえが逃げるからだろが。さっさと金返せってんだ。とっくに返済期限は過ぎてんだよ」

男たちは皆体格がよくて、郁生ではとてもかないそうにない。それでも必死になって母を守ろうとしていると、郁生も男たちに腕を捩じあげられた。その拍子にコック帽が地べたに落ちる。

「お前、ババァの恋人か。災難だな、こんな借金まみれのあばずれにかかわっちまって」

「やめてよ、この子はあたしの息子。郁ちゃんは関係ないんだからっ」

「息子だぁ？　だったら母親のかわりにきっちり借金を返済してもらおうか」

男たちは怯えきっている店員に「邪魔したな」と声をかけると、郁生と母を引きずるようにして店を出る。

すぐそこの通りにはバンが停まっていた。車体もガラスも真っ黒で、怪しいことこの上ない。

「とりあえず事務所に来てもらうぞ。借りた金も返さずに逃げまわったツケは、払ってもらわねえとな」

（ひぃぃい……）

バンの後部座席に押し込まれそうになったとき、とんでもないスピードで黒塗りのセダンがやってきた。スピードもそうなら、ブレーキをかける音も半端ない。セダンはバンの行く手を塞ぐようにハンドルを切ると、バンの真ん前で停車する。キイィッと耳をつんざかんばかりの音がした。

「んだよ、ふざけてんのかっ」

男のひとりがセダンの扉を蹴りつける。

息をつめて見守っていると、セダンの助手席から若い男が降りてきた。男は扉を蹴りつけた半グレ者を睨んでから、後部座席の扉を開ける。

（も、もしかして——）

ごくっと唾を飲んだのと同時に、長軀の男が咥え煙草で車から降り立つ。

ハイブランドのダークスーツに、うねった黒髪。『ル・シェノン』を訪れるときとスタイルは同じでも、まとう雰囲気がまるでちがう。周囲を威嚇するように放たれた眼差しは、極道特有のものだ。この場でもっとも強い雄は誰なのか、一般庶民の郁生でも一目で分かる。

「刀瀬さんっ」

思わず呼ぶと、男たちがぎょっとした様子で固まった。

地味顔のコックと刀瀬組の若頭が知り合いだったなど、夢にも思っていなかったのだろう。セダンの扉を蹴りつけた男にいたっては、傍目にも分かるほど青ざめている。

「待たせたな、もふっ子。無事だったか？」

（……もふっ子？）

聞きまちがえただろうか。首を傾げたものの、刀瀬はしっかり郁生を見ている。おそらく自分のことなんだろうなと察しをつけ、「はいっ」とうなずく。

刀瀬は応えるように顎を引くと、大仰な仕草で男たちを見まわした。

「悪いな。このコックとそっちの女は俺の知り合いなんだよ。渡してもらって構わねえか？」

「や、でも……」

男のうちのひとりが、恐る恐るといったていで刀瀬の前に歩みでる。

「刀瀬さん、勘弁してください。コックは構いませんが、女は無理です。この女、うちの借金を踏み倒す気満々で逃げたんですよ。女は連れて帰らねえと、俺らがしばかれちまいます。あ、俺らはこういうもんでして――」

男が懐から名刺を取りだす。

受けとった刀瀬が「ああ、疋田金融か」と呟くのが聞こえた。

「女はお前んとこからいくら借りてる」

「利子込みで八百万です」

刀瀬は軽く目を瞠ると、男たちに取り押さえられている母のほうに体を向ける。

「女ひとりで使うには大金じゃねえか。それだけ闇ガネ借りて踏み倒せると思ってたのか？息子まで巻き込んで、どうケリつけるつもりだったんだよ」

はっとして郁生も母を見る。母はくしゃっと顔を歪め、「ごめんね、郁ちゃん」としゃくり上げて泣き始めた。

「ったく。ガキみてぇなオカンだな。まあいいや。俺のお気に入りのコックが血相変えて電話してきたんだ。今回は息子に免じて助けてやるよ。次はねえからな」

刀瀬が再び男に向き直る。

「疋田の親父さんとは懇意にさせてもらってる。ゴタ言って迷惑かけるつもりはねえ。女の借金、俺が全額肩代わりするよ。今夜中にきっちり現金で返済してやる」

「ぜ、全額を……現金で？」

刀瀬の口から飛びでた言葉におどろき、思いきり目を瞠る。

母は「ほ、ほんとにっ？」と弾んだ声を上げていたが、何の条件もつけずに赤の他人の借金を肩代わりするやくざがこの世にいるとは思えない。危惧したとおり、刀瀬が母を見て眉をひそめる。

「何、喜んでんだ。俺は借金の肩代わりをしてやるって言っただけで、金をくれてやるとは言ってねえぞ。あんたには俺の知り合いの店で働いてもらうからな。しっかり働いて、俺に金を返せ。湾に沈められないだけ、ましだろうが」

ぞくっと背中が寒くなった。

いったいどんな店で母を働かせるつもりなのだろう。たまらず「待ってくださいっ」と刀瀬につめ寄る。

「母の借金はぼくがかわりに払います。その人、お金を使うことは得意なんですが、お金を稼ぐことは苦手なんですよ」

「はあ？」

「ぼくが朝から晩まで働いて、刀瀬さんにお金を返します。親子なんですから、どっちがお金を返してもいっしょでしょ？」

ここで母を見捨てて一生後悔の念にとらわれるくらいなら、自分が働いて刀瀬にお金を返していくほうがいい。「お願いしますっ」と頭を下げると、刀瀬は呆れた様子で息を吐く。

「とんだお人好しだな。まあ、いいや。ただし、条件がある。あの店を辞めて俺のところに来れるか？　やってほしい仕事がある」

「やってほしい仕事？」

「俺だって馬鹿じゃねえ。手綱もつけずにお前を野放しにするわけがねえだろ。借金を肩代わりしたが最後、とんずらされちゃかなわねえからな」

思わず母を見る。母も郁生を見ていた。もし郁生が拒否すれば、この人はどうなるのだろう。冷たい水をたたえた夜の東京湾が脳裏をよぎる。

「ふ、不束者ですが、よろしくお願いします」

ぶるっと震えて刀瀬に頭を下げる。――下げるしかなかった。


「そう怖がるな。悪いようにはしねえよ」

煙草をふかす刀瀬のとなりで、「は、はあ」と縮こまる。

刀瀬の車――黒塗りのセダンの後部座席だ。ハンドルを握っているのは厳つい男で、助手席には強面の若い男が座っている。

あれから郁生と母は、刀瀬とともに疋田金融の事務所に行った。刀瀬から連絡を受けた刀瀬組の若衆が八百万円の現金を持ってきたので、母が疋田金融の半グレ者に追われることはもうないだろう。母は「ごめんね、郁ちゃん」と何度も詫びながら、タクシーで帰っていった。

問題はここからだ。刀瀬に「家まで送ってやる」と言われたとき、郁生は初めて自分が手ぶらだということを思いだした。

アパートに帰りたくても、鍵も財布もスマホも『ル・シェノン』のロッカーのなかである。そろそろ日付が明日に変わろうかという時刻だったので、店はとっくに閉店している。仕方なく刀瀬に事情を説明し、「カプセルホテル代を貸してください」と頭を下げると、「だったらうちに泊まっていけ」となったのだ。

まさかいきなり刀瀬の家に連れていかれることになろうとは。

できることなら後部座席と一体化して融けてしまいたい。ため息を殺して硬直していると、いきなり真横から腕が伸びてきた。

「それにしても、お前の頭はどうしてこんなにもふついてんだ？　シュークリームみてえじゃねえか」

毬をつくように頭のてっぺんをぽふぽふされてしまい、心のなかでひゃああと叫ぶ。

この人は直毛よりも癖毛が好きなのだろうか。さりげなく車窓のほうに身を寄せつつ、下手な愛想笑いを顔面に貼りつける。

「天パなんですよ。普段はなんとか落ち着かせてるんですが、今日は走って汗をかいたせいで爆発してしまって……」

引っくり返った声で言い訳しながら、ふと思いだした。

「もしかして、もふっ子というのはぼくのことですか？」

「おう。悪いな、勝手に渾名（あだな）をつけて。名前はどうも覚えられなくてな。たいていこれで通じるぞ」

「……はい？」

「昨日のチューリップの花束は、オーダーをとりにきたやつに頭のもふついたコックに渡してくれって頼んだんだ。厨房にお前の姿が見当たらないときは、いつもそう言ってる」

知らなかった。確かに『ル・シエノン』には天然パーマのスタッフは郁生以外にいないので、頭のもふついたコックで通じるだろう。

「あの、守屋郁生です。馥郁（ふくいく）の郁に、生まれると書きます」

「だから郁ちゃんか。母親が散々連呼（れんこ）してたもんな」

声を立てて笑う刀瀬を眸に映しながら、ごくりと唾を飲む。

今夜のことはもちろん、これからの自分の身の上も気になってしようがない。

「あの、ぼくにやってほしい仕事って、どういうものなんでしょう」

恐る恐る切りだすと、刀瀬が煙草の火を消して郁生に体を寄せてくる。

「うちに住み込んでほしいんだ。三食昼寝付き、給料は弾む。お前にしかできない仕事だ」

「ぼくにしかできない仕事?」

郁生はどちらかというと細身なタイプなので、力仕事には向いていない。ならば、軽となると、重いもの――死体しか思いつかない――を運ぶ仕事ではないだろう。ならば、軽いもの——ヤクくらいしか思いつかない——なら運べるかと訊かれれば、あっさり疋田金融の半グレ者に捕まってしまうくらいだ。刀瀬も無理だと分かっているはず。

「あの、本当にぼくにしかできない仕事なんでしょうか?」

「とぼけるなよ。あるだろうが、ひとつだけ」

またもや頭のてっぺんをぽふんっと叩かれてしまい、すうっと血の気が引いた。

――もしかして郁のことが好きだったりして。

――蓼食う虫も好き好きだって昔から言うだろ?

きっとあんな言葉を聞いてしまったせいだ。危ないものを運ぶ仕事でないのなら、もはや愛人くらいしか思いつかない。それも住み込みで三食昼寝付き、給料は弾むと刀瀬は言っているのだ。これが愛人でなくてなんだというのか。ベッドの上でくねくねとしなを作る自分の姿を思い浮かべてしまい、ふっと意識が遠くなる。

「ちょ、ちょっと待ってください。実はぼく、あまり経験がなくて……いえ、本当のことを言います。初めてなんです! だから男の人を喜ばすテクニックとか全然知らなくて」

「謙遜するな。心配しなくてもお前のスキルで十分足りる。いや、足りすぎるほどだ」

「ええ……っ！」

「これも縁ってやつだろうな。俺としては願ったり叶ったりなんだ。体ひとつで来てくれ」

力強くうなずく刀瀬を、瞠った眸で見つめる。

——心配しなくてもお前のスキルで十分足りる。

——体ひとつで来てくれ。

できることなら、就活の面接のときに言われてみたかった。蓼を好むやくざにではなく、フレンチやイタリアンの有名店のオーナーシェフに。

「ま、まさか今夜からじゃないですよね？　急に言われてもぜったいに無理ですから！」

「そりゃそうだろ。こんな夜中にこき使ったりしねえよ。こっちだって支度があるしな」

「期間は？　期間を教えてください。借金を返し終えたら、ぼくは自由の身だと信じていいんですよね？」

「んだよ、うちで働くのはそんなに嫌か？」

当たり前じゃないですかっ、と叫びたいのを押しとどめて、控えめに顎を引く。

「実は夢があるんです。いつか自分の店を持ちたいって夢が。だから無期限で刀瀬さんのお世話になるのはちょっと……」

「そうか。ま、借金がゼロになったら好きにすればいい。こっちはあくまで仕事として頼むんだ。難癖つけて引きとめるようなことはしねえよ」

「ありがとうございますっ」

どうせ逃げられやしないのだ。期間を決めてもらえただけでも上出来だろう。よしよしとひとりうなずいていると、「着いたぞ」と刀瀬が言った。

思わず車窓に額をくっつける。

夜でも分かる、大きな邸宅だ。塀は高く、門扉も厳めしい。ごくっと唾を飲んでいると、門扉が音もなく開き、黒塗りのセダンが進む。

(ここが……刀瀬組のお屋敷……)

門扉からガレージまでの間に、郁生の住んでいるアパートが二、三軒建ちそうだ。邸宅は純和風の二階建てのようで、庭も和風になっている。ところどころに防犯カメラを設置しているのか、車の進行方向に沿って小さな赤い光が灯るのが生々しい。

いちばんおどろいたのは、出迎えの若衆たちの姿だ。真夜中だというのにガレージの前にずらりと並び、車に向かって頭を垂れている。車が停車して刀瀬が降り立つと、「お疲れさまです」という声までかかり、ぎょっとした。

「泊まりの客人がいる。一階の和室を整えてくれ」

刀瀬の言葉に、二、三人の若衆が威勢のいい返事をして踵を返す。運動部もびっくりの縦社会のようだ。郁生もそろりと車を降りる。

「具体的に仕事の話をつめていこう。たぶんこの時間ならゆっくり話せるはずだ」

「は、はい」

びくびくしながらアプローチを歩いていると、母屋のほうから髪を金色に染めた若衆が駆けてきた。若衆は郁生を気にする素振りを見せてから、刀瀬の耳に何やらささやく。ささやきを受けた刀瀬が、むっとした様子で眉間に皺を寄せるのが見えた。

「んで起きてんだよ。九時には寝させろっつっただろうが」

「すみません。寝かせることはできたんですが、トイレに起きたときに将吾さんがまだ帰っていないことに気づいてしまって」

刀瀬はため息をつくと、郁生を見る。

「悪いな。ゆっくり話せないかもしれない」

どういうことなのだろう。意味が分からないまま、刀瀬のあとについていく。

ふと眉根を寄せたのは、母屋の玄関の格子戸が見えたときだった。家のなかで子どもが声を上げて泣いている。まさにギャン泣きというやつだ。刀瀬が途端に早足になったので、郁生も慌てて追いかける。

「おおい、帰ったぞ」

刀瀬が格子戸を開けて声を放つと、ぴたっと泣き声が止んだ。

しばらくして、だだだっとパジャマ姿の男の子が玄関先に駆けてくる。

「パパー！」

「ったく。もう四歳になったんだろが。ひとりで寝れなくてどうする。ヤスを困らせるんじゃねえ」

　ひょいと男の子を抱きあげる刀瀬と、刀瀬にしがみつき、ぐすぐすと洟をすする男の子――。啞然として二人を眺めていると、刀瀬の肩越しに男の子と目が合った。

　まるで亀のようにぴゅっと素早く男の子が首を竦める。が、見慣れない郁生がどうにも気になるようだ。しばらくすると、男の子は恐る恐るといったていで首を伸ばし、刀瀬の肩からそろりと顔の半分を覗かせる。

「パパ。この人、だあれ」

「うん？　……ああ、郁ちゃんだ。コックの郁ちゃん」

「いくちゃん？」

「そう、郁ちゃん。絵本に出てくるコックさんもこんな服を着てただろ？」

　これは紹介されたと受け止めていいのだろうか。どぎまぎしつつ、「こんばんは。守屋郁生です。フランス料理のレストランで働いてます」と頭を下げる。

「おっ。郁ちゃんは挨拶が上手だな。お前も郁ちゃんに挨拶してみな」

　刀瀬が男の子を促すも、男の子ははずかしいようだ。嫌々するように首を横に振り、刀瀬の腕のなかで縮こまる。「しょうがねえな」と刀瀬が苦笑した。

「桜太朗っていうんだ。刀瀬桜太朗。桜吹雪の桜に、朗らかなほうの太朗。昼間は保育園に預ける」

ぽんと浮かんだ桜太朗という漢字が、続く刀瀬の科白(セリフ)で吹き飛んだ。

「かわいいだろ。俺の息子だ」

「……む、息子⁉」

「嫁はいねえけどな。ま、ありがちな家族構成だろ」

刀瀬はしれっと言ってのけると、「まあ、上がれよ」と顎をしゃくる。すかさず若衆が郁生の前にスリッパを置く。

これはいったいどういうことなのだろう。いや、男の子が「パパ」と呼んでいたのでなんとなく想像できたものの、「俺の息子だ」と刀瀬の口からはっきり言われると、おどろきも格段に大きくなる。

(子持ちのやくざなのに、男のぼくを愛人にするんだ……黒いな、黒すぎる)

半ば(なか)呆然としながら廊下を歩いていると、ＬＤＫらしいところに辿り着いた。

邸宅の外観は和風だったが、ＬＤＫは洋風だった。ふかふかの厚い絨毯(じゅうたん)が敷かれていて、リビングの中央には、L字型のソファーとローテーブル。少し離れた窓辺には、軽く十人くらいは食事のとれそうなダイニングテーブルが設(しつら)えられている。ただし、テーブルの上には弁当殻(がら)や箸袋(はし)が乱雑に散らばっていたが。

「なんで俺が出ていったときのままなんだよ」

刀瀬のどすの利いたぼやきに、慌てたのは若衆たちだった。「すみません！」と肩を跳ねさせ、ごみ袋を片手にダイニングテーブルのほうへ飛んでいく。

「桜太朗。お前も手伝え」

桜太朗はパパに抱かれてすっかり涙が引っ込んだらしい。「はあい」と返事をしたかと思うと、刀瀬の腕から抜けでて、小さな足でとととっと若衆たちのあとを追う。

（かわいい子だな。あんまり刀瀬さんに似てないや）

きっと母親は相当の美人だろう。くっきりとした顔立ちの刀瀬とはちがい、桜太朗は可憐な顔立ちをしている。目はこぼれそうなほど大きいし、小さな唇はまるで花びらのようだ。少し癖毛なのか、くるんとはねた茶色の髪がかわいらしい。

桜太朗ばかりを目で追っていたせいで、桜太朗とばちっと目が合ってしまった。不思議そうな表情で小首を傾げられ、慌てて視線をダイニングテーブルに向ける。

（……うん？）

これが刀瀬家の夕食だったのだろうか。弁当殻の他はというと、惣菜のパックやカップラーメンの容器ばかりで、食器らしいものが見当たらない。

見てはいけないものを見てしまった気になり、目をしばたたかせていると、刀瀬が言った。

「お前にやってほしい仕事ってのはあれだ。ようはメシを作ってほしい。俺と桜太朗と親父の分、できたら住み込みの若いやつの分も」

「メシって……えっ、食事の支度？」

「他に何があるんだよ。コックの得意分野だろうが」

刀瀬は当たり前のように言ってのけると、どかっとソファーに腰を下ろす。

愛人というのは郁生の早とちりだったらしい。理解した途端、今日一日分の疲れがどっと押し寄せてきた。膝から力が抜け、へなへなとその場にへたり込む。

「家が家だからか、家政婦のなり手がいなくてな。嫁はもとからいねえし、俺の母親もずいぶん前に亡くなってる。住み込みの若いやつがいるから、掃除だの洗濯だのはどうにかなってんだが、メシの支度だけはどうにもならねえ。大人だけならともかく、桜太朗にはまともなもんを食わせてやりてえんだよ」

きっと心の底から安堵したせいだろう。ふぅと大きく息をつきながら、「よかった、愛人じゃなかったんだぁ……」とうっかり洩らしてしまった。

慌てて口許(くちもと)を両手で覆(おお)ったものの、もう遅い。刀瀬が大きく目を瞠る。

「愛人？　意外だな。お前はメシの支度よりも、男の上で腰を振るほうが得意なのか？」

真顔で突っ込まれてしまい、ぼっと顔から火を噴いた。

「んなわけないじゃないですか！　忘れてください忘れてください、ぼくの早とちりですっ」

そうは言っても、一度口から飛びでた言葉をなかったことにするのは難しい。刀瀬は「なるほどなぁ」と呟くと、傍目にも分かるほど口許を緩めてみせる。

「お前、車のなかでとんちんかんなことを言ってたもんな。男を喜ばせるテクがどうのこうのって。俺は米が炊けて味噌汁が作れるんなら十分だって話をしてたんだが」

「だ、だって、刀瀬さん、お店に来るときはいつもぼくにお花やお菓子をくださるじゃないですか。あれはいったいなんだったんですか」

そもそも、それがおかしいのだ。だが刀瀬のほうはこれっぽっちもおかしいとは思っていないらしい。つっと眉をひそめると、「うまいメシを作るコックに手土産を持っていって何が悪い。ほんの気持ちだ」と言い放つ。

「や、でも——」

互いに知っている仲ならともかく、下っ端の雇われコックに手土産を持参する客などまずいない。郁生がそれを指摘すると、刀瀬は「ああ」と笑ってソファーを立ち、郁生の前にやってくる。

「メシがうまいだけじゃねえ。お前を見てると癒されるんだ」

「はい？」

「似てんだよ、昔飼ってた犬に。なんつったっけ、トイプードルってやつかな。俺はドーベルマンだのダルメシアンだのは好かねえ。毛がもふもふしてて、ちょこまか動くかわいらしい犬が好きなんだ」

この人は何を言いだしたのだろう。意味が分からず、まばたきばかりを繰り返していると、刀瀬がにっと笑って膝を折り、郁生の頭をぽふぽふする。

「特にこの頭がたまんねえ。ふわっふわの栗毛じゃねえか。お前、前世はトイプードルだったんじゃねえのか?」

「な、——」

ようやく言葉の意味を呑み込むことができ、絶句した。

どれほど考えても分からなかった、自分と他のコックとのちがい。答えは常に爆発気味のこの天然パーマで、刀瀬は愛犬に似た容姿のコックに、せっせと貢ぎ物をしていたということらしい。

これほどの羞恥と脱力感を味わうのは、二十四年の人生において初めてだ。唖然と口を半開きにする郁生が相当おかしかったのか、刀瀬が声を立てて笑う。

＊＊＊

だいたい美形でもなんでもない郁生が、男前のやくざから言い寄られるはずがないのだ。

考えればすぐに分かることだというのに、どうして沢木の言葉に振りまわされてしまったのか。思いだすたびに火照る頬をぱちんと叩いてから、専門学校時代に使っていたコックコートを身につける。

刀瀬組のお抱えコックになって、記念すべき初日の朝だ。

まだ夜は明けきっておらず、母屋のキッチンは薄暗い。一升炊きの炊飯器は二台とも稼働中で、郁生以外には誰もいないキッチンを少しだけ暖かくする。

いろいろと不安はあるものの、やるしかない。

気持ちが定まったのは、『ル・シェノン』をクビ同然に辞めることになったせいだ。

郁生は母とともに、ディナータイムのホールと厨房をめちゃくちゃにしている。刀瀬家に泊めてもらった日の翌日、オーナーシェフに謝罪するつもりで朝いちばんに出向いたところ、逆にオーナーシェフから頭を下げられてしまったのだ。「申し訳ないが、辞めてもらえないだろうか。今後同様のトラブルが起こった場合、うちではとても対処しきれないから」と。

もはや、自分には何もない。あるのは多額の借金だけ。

そんなふうに思うと、腹が据わった。

刀瀬組の若衆の力を借りてさっさと引っ越しを済ませたので、郁生のいまの住まいは、この屋敷の離れだ。もともと刀瀬の祖父母が隠居用に建てたものらしく、台所や浴室はもちろんのこと、六畳の和室が二つに広縁までついている。母屋と一線を引くように、竹垣で囲まれているのも風情があっていい。それまで借りていたアパートは狭苦しい一DKだったので、かなりグレードアップしたことになる。

引っ越しのあとは母屋のキッチンの設えを見せてもらい、必要な調理器具をリストアップした。刀瀬の父、すなわち刀瀬組の組長と初めて顔を合わせたのはこのときだ。将一郎という名前で、年齢は六十歳。男らしいはっきりとした顔立ちが刀瀬とよく似ている。

「おお？　なんだ、住み込みのコックってのは男だったのか。てめえも色気がねえな」

ぎくっとしたものの、最後の一言は郁生ではなく、息子に向けてのものだったらしい。刀瀬が「うるせえ、くそ親父」と応酬したせいで、親子喧嘩になってしまった。ちょうど桜太朗が若衆に連れられて保育園から帰ってきたので、言い合い程度で収束したが。

唯一の救いは、刀瀬がそう悪いやくざではなかったことだろう。

いや、やくざにいいも悪いもないかもしれないが、郁生のなかのやくざは、ヤクとやらを売買したり、チャカとやらを使ってドンパチするイメージだったのだ。それを遠まわしに刀瀬に伝えてみたところ、「お前は昭和生まれか？」と本気で呆れられてしまった。

聞くところによると、刀瀬組はもともと任侠道を地で行く男たちの集まりだったらしい。特に曾祖父は男気のある人で、香具師の元締めをしながら、世間からつまはじきにされた若者や、親も家もない子どもたちの面倒を見ていたのだとか。その後、若衆たちの社会貢献の場として祖父が建設会社を立ちあげ、現組長である刀瀬の父がさらに会社の数を増やし、いまでは十以上の会社を持っているのだという。

とはいえ、極道は極道。裏社会との繋がりはそれなりにあるようだ。

「建設会社の社長だの専務だのって肩書きよりも、刀瀬組の若頭で通すほうが都合のいいときだってあるんだ。だからって法に触れるようなことをしようとは思わねえ。うちには桜太朗がいるからな。たとえ極道でも、まっとうな父親でいたいだろ」

――いまはひとまず、刀瀬のこの言葉を信じようと思う。

萎縮していては、料理は作れない。少々無理をして毎月二十万を刀瀬に返済したとしても、一年で二百四十万。八百万を完済するのに、三年と少しかかる。その間はキャリアも途絶えてしまうので、借金完済後にまた一からどこかの店で修業し直さなければならない。できるだけ早く自分の人生を取り戻さなければ、店を開くという夢がただの夢で終わってしまう。

（よーし、がんばるぞ）

刀瀬に最初に伝えられたとおり、郁生の仕事は刀瀬の家族と、住み込みの若衆たちの食事作りだ。住み込みの若衆は十人いるので、十三人分の食事を朝夕の二回、作ることになる。

給料は『ル・シェノン』で働いていたときのほぼ二倍。休日は事前申請制。郁生の分の光熱費や水道代などは刀瀬組が負担してくれるので、仕事としてはそう悪くない。さっそく自作のメニュー表を取りだして、冷蔵庫の扉にマグネットで貼りつける。

今日の朝食のメニューは、白ごはんと若竹汁、和風だしのロールキャベツ、大葉入りの厚焼き玉子だ。箸休めにマリネサラダと冷奴も添えようと思っている。ちなみに厚焼き玉子は刀瀬のリクエストで、若竹汁は将一郎のリクエストだ。四歳の桜太朗にはそそられない献立だと思うので、桜太朗にはオムライスを作る。

このメニューのなかでいちばん手間がかかるのはロールキャベツだろう。まずは大きな鍋に湯を沸かし、玉買いしたキャベツの葉を茹でていく。

刀瀬と桜太朗は八時半に、将一郎もその前後に家を出るので、七時には朝食をダイニングテーブルに並べてほしいと言われている。時計を窺いながら茹であがったキャベツの葉で肉ダネを巻いていると、若衆たちが起きてきた。揃いも揃って強面で、てろんとしたジャージ姿の男たちはなぜか次から次へと郁生の前へやってきて、「ああっす」と頭を下げてからLDKを出ていく。

「お、おはよう、ございます」

起床したらまずはコックに挨拶をするようにとお達しがあったのかもしれない。びくびくしながら挨拶を返していたので、余計な時間をとられてしまった。急いでフライパンにロールキャベツを並べ、だし汁で煮ていく。

広いキッチンとはいえ、業務用の厨房とは勝手がちがう。限られたコンロの口数で、複数品目を十三人分用意するのは、思っていた以上に難しい。なんとかロールキャベツと若竹汁を完成させたとき、刀瀬が桜太朗を抱いてLDKにやってきた。

「おっ。うまそうな匂いがするじゃねえか。どうだ、七時までにできそうか?」

「大奮闘してるところです。配膳を考えるとギリギリかも」

例に洩れず、刀瀬もてろんとしたジャージを着ている。やくざやちんぴらは、こういうジャージを好むのだろうか。てかてかの背中に唐獅子（からじし）の刺繍（ししゅう）の入ったジャージなんて、スポーツ用品店で見たことがない。

それ、どこで買ったんですか？　と突っ込みたくなったが、いかんせん無駄に時間を消費していられない。厚焼き玉子を作りながら、「おはよう」と桜太朗に笑いかける。

「今日の朝ごはんはオムライスだからね。楽しみに待っててね」

「オムライス？　ふわふわの？」

「そう、ふわふわの」

まだ郁生と話をするのは、はずかしいらしい。桜太朗は色白の頬を赤らめると刀瀬にしがみつき、「パパ、オムライスだって。ふわふわの」とうれしそうに笑う。食事を作る上で最大の難関は桜太朗だと思っていたが、この様子だと食べてくれそうだ。

「よし、桜太朗。郁ちゃんのオムライスを食うためには、保育園に行く支度をしなきゃな。顔洗って着替えてこい」

「はあい」

七時五分前、やっとすべての料理ができあがった。

見本として一人前を郁生が並べ、残りの膳は若衆たちが慣れない手つきで並べていく。その頃には将一郎もＬＤＫにやってきて、「おっ、久しぶりにまともなメシが食えそうだ」と頬をほころばす。

「じぃじ、今日の朝ごはんはね、オムライスなんだよ。ふわっふわの」

保育園のスモックに着替えた桜太朗が、にこにこ笑顔で刀瀬と将一郎の間に座る。

全員揃ったようだ。

「お口に合うかどうか分かりませんが、どうぞ召しあがってください」

郁生が手のひらを向けると、若衆たちがどすの利いた声で「いただきやす」と応える。

なんとか七時に間に合った。キッチンに戻ってほっと息をつく。しばらくすると、「すげえうめえ」「なんか旅館の朝メシみてえだな」と若衆たちの弾んだ声が聞こえてきた。

(よかった、口に合ったみたい)

このあとは十三人分の食器洗いが待っているが、作るときのように気をつかわなくていいので十分こなせるだろう。ふふふと微笑んでフライパンを洗っていると、刀瀬の声がした。

「んで食わねえんだよ」

あきらかに苛立っている声音におどろき、キッチンカウンターから首を伸ばす。

どうも叱られているのは桜太朗のようだ。「おめえの好きなオムライスだろが」と将一郎が言い、刀瀬も「郁が作ったもんを残すと承知しねえぞ」と叱りつけている。

ついさっきまでオムライスにはしゃいでいたのにどうしたのだろう。慌てて桜太朗のもとへ向かう。

「ええっと、オムライス、好きじゃなかったのかな?」

郁生がしゃがんで問いかけると、桜太朗ではなく刀瀬が答えた。

「気にしなくていい。わがままを言ってるだけだ」

「や、でも――」

四歳の子どもなら、駄々をこねて大人を困らせることもあるだろう。けれど桜太朗はわがままを言うというよりも、つらくて悲しいことに懸命に耐えている様子だ。小さな肩をふるふると震わせ、必死になって涙をこらえている。

「桜太朗くん。ぼくはコックだからなんでも言って。卵がふわふわすぎた？　それとも本当は、くるっと巻いてるオムライスのほうが好きなの？」

郁生がとんとんと背中を叩いて尋ねると、ついに桜太朗の眸から大粒の涙がこぼれ落ちた。

「……ぼくだけ……から……」

「え？」

「パパのとちがう……ぼくも、いっしょのがいい……」

ひくひくとしゃくり上げて泣く桜太朗の傍らで、「あっ」と声が出た。

きっと桜太朗は、皆もオムライスを食べると思っていたのだろう。それなのに、席についてみたら自分だけが別メニュー。周りの大人たちが、大人用の朝食を「うまい、うまい」と食べているのを見て、悲しくなったのかもしれない。

「そっか。もう四歳だもんね。待ってて、すぐにパパと同じごはんを用意するから」

踵を返しかけた郁生を、刀瀬が「おい」と呼びとめる。

「構うんじゃねえ。このオムライスはわざわざお前が桜太朗のために作ったもんだろが。出されたもんは食うのが礼儀だ」

確かにそうかもと納得しかけたが、少し考えたあとで「いえ」と首を横に振る。

「ぼくの配慮不足です。四歳の子の好きそうなメニューを意識しすぎたばっかりに、パパっ子の桜太朗くんの気持ちを置き去りにしてしまいました」

幸い、大人用の朝食は郁生の分が残っている。桜太朗に出すつもりで温め直していると、刀瀬がキッチンにやってきた。

「待て。それはてめえの分じゃねえのかよ」

「ぼくはなんでもいいので構いません。それよりも刀瀬さん、怒りすぎですよ。桜太朗くんはパパと同じごはんが食べたいって言ってるだけじゃないですか。別に刀瀬さんの躾に口を出すつもりはありませんが、もし『ル・シェノン』でこういうことが起こったら、どのコックもすぐに新しい食事を用意すると思います」

「ここは店じゃねえ。俺の家だ」

「ぼくにとっては職場です」

刀瀬の目を見て言い切ってから、温め直した大人用の朝食を器によそう。

「お待たせ、桜太朗くん。パパのごはんといっしょだからね」

桜太朗は泣いたせいで、目も頬も鼻の下も真っ赤にしている。それでも郁生が新しい朝食を並べてやると、「わあ……！」と弾んだ声を上げる。かわいらしいし、切ないしで、胸がきゅんとした。

「桜太朗。郁ちゃんになんか言うことがあるんじゃねえのか」

刀瀬がテーブルにつきながら促すと、桜太朗はもじっとはにかんでから、「えっと、いくちゃんありがとう。朝ごはん、いただきます」と小さな手を合わせてみせる。

「はい、どうぞ。召しあがってください」

にこっと笑い、桜太朗に手のひらを向ける。

予想外の出来事にばたついてしまったが、結果オーライというやつだろう。大きく口を開けてロールキャベツを頬張る桜太朗を見て、自然と頬がほころんだ。

（いやいやいや、全然っ結果オーライじゃない……！）

自分の過ちに気づいて青ざめたのは、離れでひとり、遅めの朝食をとっているときだった。

「ここは店じゃねえ。俺の家だ」と刀瀬に言われたとき、「ぼくにとっては職場です」と、ドヤ顔で言い切った自分を張り倒したい。

刀瀬にとって『家』ならば、桜太朗にとっても『家』。「別に刀瀬さんの躾に口を出すつもりはありませんが」などと言いつつ、思いきり躾に口を出してしまったことになる。

(まずいぞ、まずい。出しゃばりすぎた)

とにかく謝らなきゃと思ったものの、刀瀬は懇親会があるとかで、今夜の夕食はいらないと言われている。おそらく帰宅は深夜だろう。鬱々としながら昼間は離れの片づけをして、夕方からは十二人分の夕食作り。食器洗いと明日の朝食用の下ごしらえを済ませても、今朝のことがどうしても引っかかり、すっきりしない。

(まだかなぁ、刀瀬さん……)

すでに夜の十二時が近い。いまだ残っている引っ越しの荷ほどきをしつつ離れで待っていると、車のエンジン音がした。もしかしてと思い、障子を開けて耳を澄ます。かすかに若衆たちの「お疲れさまです」という声が聞こえたので、刀瀬が帰ってきたのだろう。

(よし……!)

ざっと身だしなみを整えて離れを出ようとしたとき、郁生のスマホが鳴った。

刀瀬からのLINEだ。『まだ起きてるか?』と一言。郁生が『起きてます』と返すと、十秒も経たないうちに『話がしたい』と返ってきた。

『分かりました』

ごくっと唾を飲んでから、座布団の上で正座をし、スマホを両手で握る。けれど刀瀬からのLINEはそれきり途絶えてしまい、電話もかかってこない。

もしかしてスマホを通してではなく、ＬＤＫで話をしようという意味だったのだろうか。

はっとして立ちあがりかけたとき、縁側のガラス戸がガタッと大きな音を立てる。

（――――！）

そういえば、鍵をかけていなかった。「ひいぃ」と悲鳴を上げ、尻餅をつく。

立ちあがろうにも立ちあがれず固唾を呑んでいると、ガラス戸が軋みながら開く気配がした。

次に広縁と六畳間を隔てている障子が開く。

「あ……」

現れたのはスーツ姿の刀瀬だった。尻餅をついた状態で固まっている郁生を見て、訝しげに眉根を寄せる。

「なんでいちいちビビるんだ。話がしたいってＬＩＮＥしただろうが」

「い、いやだって、離れに来るなんて思わないじゃないですか。ていうか、どうして縁側から入ってくるんです？　玄関だってちゃんとあるのに」

「どっちだっていいだろ。じいさんとばあさんがここで暮らしてたときは、いつも俺は縁側から入ってたんだよ」

刀瀬は後ろ手に障子を閉めると、持っていた紙袋をぬっと郁生に差しだす。

「朝は悪かったな。手間かけさせて」

「……え？」

「桜太朗のことだよ。せっかくの気づかいを無駄にしちまってすまん。オムライスはあいつの好物なんだがな」

まさか刀瀬のほうから謝られるとは思ってもいなかった。しばらくぽかんと口を半開きにしてから、慌てて居住まいを正して頭を下げる。

「ぼくのほうこそ、すみませんでした。ぼくにとってはお給料をいただいて作る食事でも、桜太朗くんにとっては、おうちで食べる朝ごはんですもんね。コックの分際で、余計な口だしと手だしをしてしまったと反省しています。刀瀬さんにお任せするべきでした」

下げた頭を戻すと、刀瀬が眉をひそめているのに気がついた。

「コックの分際だと？　俺はお前のことをそんなふうに思ってねえよ。わざわざ生活を変えさせてまで、うちに住み込んでもらったんだ。大事にしてえなって思ってる」

「大事にって……あ、ぼくのことですか？」

「ああ？　他に誰がいるってんだ」

怒っているような顔で返されてしまい、面食らう。

てっきり借金のカタにとらわれたも同然の身分だと思っていたのだが、刀瀬にとってはちがうということなのだろうか。ぱちぱちと瞬(またた)きながら見上げていると、紙袋の角をこつんと胸にぶつけられた。

「いらねえのかよ」

「あっ、いただきます。ありがとうございます」

慌てて両手で受けとり、開けてみる。

老舗の和菓子屋の、琥珀糖のつめ合わせだ。相変わらず刀瀬はやくざとは思えない、ついでに顔にも似合わないチョイスをする。

「こういう菓子は好きか？」

「大っ好きです」

力強くうなずいてから、刀瀬に座布団を勧める。

「どうぞ座ってください。荷ほどきの途中だったので散らかってますけど」

いつの間にか刀瀬とはあまり気負わずに会話を交わせるようになった。

愛人契約と勘ちがいしてテンパるという、みっともない姿をのっけからさらしてしまったせいだろう。だが平気なのは会話だけで、距離が近いことにはまだ慣れない。座布団の上にどかっとあぐらをかかれた拍子に刀瀬の膝頭が当たり、びくっと肩が跳ねあがる。

「どうした。何もしねえぞ」

「わ、分かってます」

刀瀬のことを必要以上に意識しているつもりはない。——ないのだが、どうしてもあの日の失態が脳裏をよぎり、条件反射的に頬が赤らんでしまう。「お茶淹れてきます」とわざわざ宣言して立ちあがり、郁生は台所に逃げ込んだ。

「んだよ。かわいいじゃねえか。頬っぺた、真っ赤にして」

しっかり見ていたらしい。くくっと刀瀬が笑うのを、聞こえないふりで薬缶を火にかける。

「ま、俺も鬼じゃねえ。お前がどうしてもって言うんなら、検討してやってもいいけどな」

「……え？」

もしかして借金の値引きをしてくれるのだろうか。どきっとして六畳間を覗き、後悔した。

刀瀬は郁生と目が合うと、にっと唇を横に引く。

「愛人になるつもりで俺についてきたんだろ？　深夜手当をつけてやるから、昼間はうちのお抱えコックで、夜は俺の愛人ってのはどうだ。据え膳食わぬは男の恥、期待には応えてやらねえとな。ああ、男を喜ばすテクについては心配するな。俺はマグロでもおいしくいただく男だ」

「ななな、な……」

ここまで不躾な冗談を言う人は、過去に郁生の周りにいなかった。

それとも冗談に聞こえるようにコーティングして、本音を口にしているのだろうか。刀瀬とはまだ付き合いが浅いので、冗談と本音の境目が分からない。

「と、刀瀬さんってその、もしかして男の人のほうが好きだったりしますか？」

柱に縋りついて尋ねると、刀瀬があからさまに眉根を寄せる。

「何、真に受けてんだ。俺はゲイじゃねえよ。女のほうがいいに決まってんだろ」

ということは、ただの品のない冗談だったらしい。げんなりしながら台所に戻る。

「おい、怒ったのか？　ちょっとからかっただけじゃねえか」

「からかうのが余計なんですよ。だいたいあれは、ぼくの早とちりって言ったじゃないですか。それをしつこくねちねちと――」

　早く忘れたいのに、これでは忘れられない。ひとり顔をしかめて、アパートから持ってきた急須に茶葉を入れる。

「そういえば、刀瀬さん。もしぼくが母の借金を背負わなかったら、母にどういう仕事を斡旋するつもりだったんですか？」

「ああ？　旅館の仲居だよ。祖父の代から懇意にしてる宿が熱海にあるんだ」

「旅館の仲居……って、じゃあやばい仕事じゃなかったんですね」

「助けてくれって俺を頼ってきたお前を、地獄に突き落としてどうする。俺はそこまで性根の腐った男じゃねえよ」

「ええーっ」

　住み込みで三食昼寝付きの仕事を愛人業だと早とちりしてしまったように、刀瀬に助けられた日も深読みしてしまっただけのことらしい。ため息をつきながら、淹れたての緑茶を六畳間に運んでいると、刀瀬が言った。

「んだよ。勘ちがいしてたんなら、母親を呼んでもう一度話をつけるか？」

「あー……」

少し思案したものの、結局苦笑いして首を横に振り、刀瀬の向かいに腰を下ろす。

「いいです、いいです、自分で決めたことなんで。確かにぼくひとりで払うには大きな借金ですが、あのとき母を見捨てたら、一生後悔するだろうなって思ったんです。それにあの人、すぐにぼくに助けてって連絡してくると思うし」

「んなもの、無視すりゃいいじゃねえか」

「できないですよ。後味が悪いですもん。ぼくはけっしてあの人のことが嫌いなわけじゃないんです」

傍(はた)から見ればどうしようもない母親だろうが、郁生の誕生日には台所を粉まみれにしてケーキを焼いてくれたり、運動会のときは誰よりも大きな声で郁生を応援してくれたりと、母親らしい部分もちゃんと持っているのだ。

「お前はいい息子だな」

刀瀬が笑ったので、「どこが」と郁生も笑う。

「ようするにぼくは、母じゃなくて自分を守ったんです。ぼくが借金を背負えば、あの人はもう、ぼくに助けてって言えないじゃないですか。実際これ以上は助けられないし。あとはぼくがこつこつと働いて借金を返していけばいいんです。母にお金を渡すよりましですよ」

緑茶をすすっていると、ふいに刀瀬が「ん?」と声を上げた。

「懐かしいもんを持ってるじゃねえか。あれはお前のか?」

刀瀬の視線を辿ってから、「ああ」と微笑む。

開きっ放しの段ボール箱から覗く、複数冊のノートのことを言っているのだろう。表紙に昆虫や植物の写真が使われている、学習帳と呼ばれるものだ。郁生の通っていた小学校の規定のノートでもある。

「もしかして、刀瀬さんもその学習帳を使ってました？　それ、ぼくが子どもの頃に作ったレシピブックなんです」

「レシピブック？」

「ええ。学習帳って学年が上がるときに新調するじゃないですか。だから学習帳のページが余ったら、祖母から教えてもらったレシピを書きとめる用に使っていたんです。さすがにこれを見ながら料理をすることはもうないんですけどね。なんとなく捨てられなくて」

言いながら段ボール箱の前に行き、取りだした一冊を刀瀬に広げてみせる。

これはおそらく三学期が始まってから買ったものだろう。最初のページこそ漢字の書きとりに使われていたが、半分以上がレシピになっている。『オムレツのつくり方』や『そぼろのつくり方』。子どもらしい大きな文字が懐かしい。

「すごいな。小学生の頃から料理をしてたのか」

「祖母の真似っこです。あ、ぼくは祖母に育てられたんです。もう亡くなってしまいましたけど。父は最初からいなくて」

小学校に上がるまでは、母と二人暮らしだったと記憶している。けれど母は料理のできない人だったので、食事というと、菓子パンやカップラーメンばかりで、見兼ねた祖母が郁生を引きとり、白飯があって汁ものがあっておかずがあるという食事を教えてくれたのだ。

「祖母と暮らすまで、ぼくのなかのごはんは、コンビニで母といっしょに選ぶものだったんです。母もケーキとか甘いパンとかごはんがわりに食べてたし。だから畑でとれた野菜がおかずになるってことを知らなくて。だけどよく考えればすごくないですか？　だってかぼちゃなんてあんなに硬い皮で覆(おお)われてて、見た目も置物っぽいのに、醤油(しょうゆ)とお酒と砂糖とみりんで煮たら、おいしいおかずになるんですよ？」

同じ話を沢木にしたときはどん引きされてしまったので、もしかして刀瀬も引いたのかもしれない。切れ長の眸を丸くして、「まあ、だな」と言葉少なにうなずいてみせる。

「ぼくは祖母みたいに料理のできる人になりたくて、コックを目指したんです。それにキッチンに立つと、魔法使いになったような気分になれるんで楽しいんですよね」

「魔法使い？」

「魔法みたいなものでしょう、料理って。お鍋や調味料、それから火や水を使って、野菜やお肉においしくなる魔法をかけるんです」

刀瀬がすっかり真顔になっていることに気がつき、急にはずかしくなった。

料理絡(がら)みの話になると、ついつい饒舌(じょうぜつ)になってしまうのは郁生の悪い癖だ。「まあ、たとえるならの話です」と話題を打ちきり、学習帳を段ボール箱に戻す。

なぜか後ろから刀瀬の手が伸びてきて、頭をぽふぽふされた。

「ちょっ……気軽に触らないでください。なんなんですか、いったい」

「ケチケチすんなよ、減るもんじゃねえし」

「ぽふぽふされると崩れるんです。一応整えてるんですから」

「整えてるだと？　その爆発具合でか？」

わざとらしく目を瞠る刀瀬にうんざりした顔を向けてから、鬱陶しい手を「もうっ」と払いのける。朝からずっと胸にあった鬱々とした気持ちは、いつの間にか消えていた。

＊＊＊

（さーて、そろそろ晩ごはんの支度をしようかな）

コックコートに着替えて母屋に向かっていると、桜太朗が若衆に手を繋がれて保育園から帰ってくるのが見えた。郁生が手を振ると桜太朗のほうも気がついて「いくちゃーん」と呼びながら、とてとてと駆けてくる。

「お帰り、おうちゃん。保育園はどうだった？」

「楽しかったよー。今日はね、かなちゃんとたけしくんと電車ごっこしたの」

オムライスの件があってから、桜太朗とはすっかり仲よくなった。少しはずかしがり屋なだけで、もともと人懐(なつ)っこいタイプらしい。保育園のお友達からは「おうちゃん」と呼ばれているようなので、郁生も最近は「おうちゃん」と呼んでいる。

「おうちゃん、おやつ食べる？　プリンを作ったんだけど」

「プリン？　食べる、食べるー！」

「よかった。じゃあ着替えて手を洗ったらキッチンにおいで。待ってるから」

「うんっ」

勝手口を入ったところで桜太朗と別れ、郁生はキッチンに向かう。

プリンといっても蒸しプリンではなく、ゼラチンをまぜて作るプリンだ。冷やして固める時間を除けば五分少々で作れるし、蒸しプリンよりも口当たりが軽いので、ちょっと甘いものがほしいときによく作る。さっそく冷蔵庫から二人分を取りだして、固まり具合を確かめる。

（おっ、いい感じ）

にんまり笑ってダイニングテーブルに運んでいると、桜太朗がＬＤＫにやってきた。ちゃんと普段着のＴシャツと短パンに着替えてはいるものの、なぜか通園バッグをぶら下げている。

「おうちゃん。バッグはお部屋に置いてきなよ」

「今日はだめ。おてがみが入ってるから」

「お手紙？」

「うん。大事なおてがみ」

桜太朗はダイニングテーブルに並んだ二人分のプリンに「わあ」と笑みを広げる。

「いくちゃん、おいしそう。ぷるんぷるんしてる」

「でしょー？　さ、食べよ食べよ」

けれど桜太朗はなかなか椅子に腰をかけようとしない。ちらちらとプリンを気にする素振りを見せつつも、通園バッグを開けたり閉めたりしている。

「おうちゃん。お手紙って何。お友達からもらったの？」

「ううん。先生からもらったおてがみ。遠足の」

「そっか、遠足があるんだ。楽しみだね」

うんっ！　と返ってくると思いきや、桜太朗はまだ通園バッグをいじっている。

どうも郁生に園便りを見せようかどうしようか迷っているらしい。手紙らしいものを取りだしては、ちらっと郁生を窺う。郁生が「うん？」と微笑むと、慌てた様子で手紙をバッグに突っ込むので、大事なお手紙とやらはすでにぐしゃぐしゃだ。

「何、何。見せてよ。パパには内緒にしとくから」

「……ほんと？」

真剣な表情で念押ししてくるということは、刀瀬に見られると困るものなのだろうか。なんだか腑に落ちなかったが、「うん、パパには言わないよ」とうなずいて膝を折る。

桜太朗はひとしきりもじもじしたあと、皺まみれの園便りを郁生に差しだした。

「ええっと、『親子遠足のお知らせ』……へえ、親子で遠足かぁ。楽しそうだね」

もしやと思って日程を確認する。平日なら刀瀬の参加は難しいだろうが、幸いにも土曜日に設定されていた。ほっと胸を撫でおろし、桜太朗に笑顔を向ける。

「大丈夫だよ。遠足の日は土曜日なんだって。土曜日はパパのお仕事、お休みでしょ？　パパといっしょに行けると思うよ」

「うん。パパと行く。パパがおしごとになったらじぃじと行く。もうやくそくした」

「あ、そうなの？」

だったら何をそんなにもじもじしているのだろう。眉根を寄せて園便りを熟読していると、桜太朗が郁生のコックコートの袖をくいくいと引っ張ってくる。

「りす組のときもね、ひよこ組のときもね、パパがでっかいおにぎり作ってくれたの。だけどぼく、まるとかしかくのお箱に入ってるごはん、食べてみたい。かなちゃんもたけしくんもやっちゃんもたっくんも、お箱に入ってるごはん、ママと食べてた」

「丸とか四角のお箱に入ってるごはん……？」

ひとしきり首を捻ってから、はっと気がついた。

「おうちゃん、それってもしかしてお弁当のこと？」

「うん。それ。おべんとう。ぺこぺこしたお箱じゃないやつ。きれいなお箱に入ってるの」

真剣な面持ちで訴えられ、ようやく理解した。

桜太朗はコンビニやスーパーで売られているお弁当ではなく、家庭で手作りしたお弁当が食べたいと言っているのだ。桜太朗の通う保育園では給食が出るので、手作りのお弁当を食べたことがないのかもしれない。

「オッケー。じゃあぼくがお弁当を作るよ。パパとおうちゃんのお弁当」

「ほんとっ？」

桜太朗はぱっと笑顔になったものの、すぐに表情を曇らせる。

「でも、パパが……パパが怒るかも。いくちゃんにおねだりしちゃったから」

「ええー？」

どうも刀瀬は、「あれが食べたい」「これが食べたい」「おやつを作って」等々、郁生にわがままを言うんじゃないぞと、常日頃から桜太朗に言い聞かせているらしい。だから桜太朗は郁生に園便りを見せるのをためらっていたのだろう。確かに四歳児のリクエストを真正面から受け止めていると、朝食は毎日オムライスで、おやつは夕食よりも手の込んだものになるかもしれない。なるほどなぁと思い、あははと笑う。

「おうちゃん、大丈夫だよ。手作りのお弁当を食べてみたいって気持ちは、パパが言ってるわがままとはちがうから。ぼくがパパにお願いしてみるよ。パパとおうちゃんのお弁当を作らせてくださいって」

「いくちゃんがお願いするの？」

「うん。だってぼく、作りたくなっちゃったからね。お弁当」

桜太朗はくすぐったげに身を捩らせると、小さな肩を竦めてふふっと笑う。

「パパ、いいよって言ってくれるかなぁ」

「言うと思うよ。おうちゃんのパパはぼくの作るごはん、結構好きみたいだから」

遠足のお弁当を郁生に作ってほしくて、けれどわがままは言っちゃいけないと自制して、おやつも食べずにもじもじしていたなんてかわいすぎる。プリンを頬張りながら、「おべんとう、おべんとうー」と口ずさむ桜太朗を見て、さっそく郁生はお弁当につめるおかずに思いを巡らせた。


「親子遠足があるそうですね。よかったらぼく、お弁当を作りましょうか？」

刀瀬にそう切りだしてみたところ、「おお、助かる！」という返答だったので、遠足当日の朝――郁生は、張り切って一時間早く母屋のキッチンに立った。

思えば、自分以外の誰かのためにお弁当を作るのは初めてだ。いろいろと凝ったおかずも考えたが、やはり定番に勝るものはないだろう。ということで、ラインナップはタコさんウィンナーと唐揚げ、刀瀬の好きな厚焼き玉子、ナポリタンのパスタとポテトサラダに決めた。彩りに気を配りながら、おにぎりとともにお重につめていく。

「で、できた……！」

記念にスマホで写真を撮っていると、刀瀬と桜太朗が起きてきた。

刀瀬は完成したお弁当を見て、「おっ、うまそうじゃねえか」と相好を崩し、桜太朗は「すごい、ぜんぶお箱に入ってる！」と、目をきらきらさせてはしゃぐ。

「いくちゃん、ありがとう。おべんとう、いっぱい食べる」

「うん。しっかり食べてね」

気合いを入れて作ったので、喜んでもらえるのはうれしい。笑顔で桜太朗の頭を撫でてから、手早く朝食の支度を済ます。

「刀瀬さん。どうぞ朝ごはんを召しあがってください。その間にお弁当を包んだり、水筒を用意したりしますから」

「悪いな、任せてばかりで」

「とんでもない、お安い御用です」

ダイニングテーブルに向かう二人を見送りながら、あやうく洩れそうになったあくびを嚙み殺す。刀瀬にも桜太朗にもお弁当を気に入ってもらえて、気が緩んだのかもしれない。耳たぶをつねってから、重箱を風呂敷で包む。遠足用のバスは朝の九時に出るらしい。十分間に合うだろう八時に刀瀬も桜太朗も支度を終えたので、やはり早起きして正解だった。

「刀瀬さん。こっちの水筒には麦茶を、こっちの水筒にはコーヒーを入れてます」

「おっ。コーヒーまで用意してくれたのか。気が利くな」

「コックですから」

にっこり笑って荷物を手渡し、「いってらっしゃい」と二人に手を振れば、郁生の朝の仕事は終わる。

終わるはずだったのだが――。

「何言ってる。郁も来い」

「えっ、どこに？」

「どこにって、遠足に決まってんだろ。朝っぱらから弁当作らせて、留守番させるとかありえねえ。さっさと着替えねえと、バスが出ちまうぞ」

「えええーっ」という郁生の声に、「やったぁー！」と飛び跳ねる桜太朗の声が重なった。

「――念のために三人で申し込んでたんだ。もし俺が仕事で行けなくなったら、親父ともうひとり、若いやつの誰かに行ってもらうつもりで」

「そ、そうだったんですね……」

何がなんだか分からないうちに保育園の駐車場で待つ大型バスに乗せられ、知らない親子たちとともにバスに揺られて約一時間。辿り着いたのは、大型遊具やアスレチックのある広い公園だった。

敷地のほとんどが芝生で、陽に照らされる緑が眩しい。公園のシンボルツリーらしい大きな楷の木の下で集合写真を撮ると、すぐに自由時間になった。敷地内にはおもちゃのようなバスが走っていて、さっそく見つけた子どもたちが、わぁわぁとはしゃいでいる。

「パパ！　ぼくもあれに乗る！」

「分かった、分かった」

桜太朗は友達といっしょにミニバスに乗り込み、郁生も刀瀬と並んで奥の座席に座る。

「親子遠足は体力勝負だからな。連れはひとりでも多くいたほうがいい」

なるほど、そういうことだったのか。がしっと刀瀬に肩を抱かれ、思わず苦笑する。

「いいんですか？　もしかしたら今日の晩ごはん、作れなくなるかもしれないですよ」

「構わねえ。俺が無理やり連れてきたんだ。夜は三人で焼肉でも食いに行こう」

「あ、いいですね」

そろそろ五月が近い。初夏の風に前髪を散らされているうちに心が弾んできた。

遊具がメインの公園なんて、子どもがいなければまず行く機会のない場所だ。実際こういう公園で過ごすのは初めてだ。ミニバスを降りると、桜太朗が「あれやりたい！」とローラー滑り台を指さしたので、今度は三人で滑り台に向かう。

「まずはパパからどうぞ」

郁生は荷物番を申し出て、他の親子に倣い、芝生の上にレジャーシートを敷く。

ローラー滑り台は公園でいちばん人気の遊具のようで、登り口は長蛇の列だ。刀瀬と桜太朗が三度ずつ滑るとバトンタッチして、今度は郁生が桜太朗の手を引いて列に並ぶ。始終はしゃぎっ放しの桜太朗とローラー滑り台を三度楽しんでから、また刀瀬と代わる。

「なんかお尻が痛くなりそうですね。刀瀬さんは大丈夫ですか？」

「馬鹿だな。ローラー滑り台は座って滑るんじゃない、しゃがんで滑るんだ。尻の皮がずる剝けになるぞ」

「え、ええっ」

どうも刀瀬は尻を痛めたことがあるようだ。「風呂に入ると沁みるんだよなぁ……」と渋い顔をしてみせる。今夜の入浴が少々不安になったものの、刀瀬も経験済みなのだと知ると、なんだかおかしくなった。体を使って遊ぶのは、子ども時代に戻ったようで結構楽しい。

とはいえ、普段はせいぜい近所まわりを散歩する程度だ。桜太朗に付き合って大型遊具を転々としているうちに、日頃の運動不足と早起きのつけがまわってきた。昼食でじゃっかん復活したのも束の間、午後のうららかな陽射しを感じていると、眠気を覚えてしまう。

結局、午後は潔く白旗を掲げ、荷物番に徹することにした。

刀瀬は桜太朗に付き合って、アスレチックに挑んでいる。桜太朗が弾けるように笑っているのは、大好きなパパがいるからだろう。これほど刀瀬が子育てにかかわっているとは思っていなかった。パパ友もいるようで、誰かの父親らしき人とときどき談笑している。

（刀瀬さん、なんか意外だなぁ）

いままで刀瀬のことを、やくざというフィルターをかけて見すぎていたのかもしれない。

そんなことを考えながらシートに横になっているうちに、眠ってしまったようだ。ふいに左の頬に冷たいものが触れ、びっくりして飛び起きる。

刀瀬だ。寝起きでぽかんとしている郁生を笑ってから、「食うか？」と棒付きのアイスを差しだしてくる。

「すみません。本気で眠ってしまったみたいで……」

「なんで謝るんだ。お前は俺らより早起きしてるだろ」

郁生がアイスを受けとると、刀瀬もシートに腰を下ろし、同じアイスの包装を破る。

桜太朗はどこだろうと思っていたら、芝生のすぐ向こうにある砂場で、砂遊びをしているのが見えた。四、五人の友達とああだこうだと言いながら、大きな砂の山を作っている。

「かわいいですよね、桜太朗くん。お母さんってどんな人だったんですか？」

「桜太朗の母親？　どうしてそんなことが気になる」

「え？　別に深い意味はないですよ。桜太朗くん、あまり刀瀬さんに似てないから、お母さん似なのかなと思って」

刀瀬が「あー」と洩らしながら、アイスにかじりつく。

「それ、桜太朗の前で言うなよ」

「何をです？」

「俺に似てねえってことだ」

子どもはそういうことを気にするものなのだろうか。ラムネ味のアイスをひとかじりしてから、気にしているのは桜太朗ではなく刀瀬のほうではないかと気がついた。はっとして「もちろん言いません、はい」と何度もうなずく。

「お前は父親がいねえって言ってたよな。会いたいと思わねえのか？」

「んー、子どもの頃は気になってましたけど、いまはまったく。祖母に大事に育ててもらいましたからね。会えるんなら、父親じゃなくて祖母に会いたいです」

正直に答えると、刀瀬は「そっか」と呟いたきり、無言になった。

砂遊びをする桜太朗の姿を眺めているようにも見えるし、何か別のことを考えているようにも見える。前者ならいいが、ぷつっと会話が途切れたことを思うと、後者のような気がする。

「あの、ぼく、何か変なことを言いましたか？」

「ああ、いや」

刀瀬ははっとしたように郁生を見ると、苦笑を浮かべてアイスをかじる。

「お前は苦労人だったんだなと思ってな。フレンチの店で見かけたときは、てっきり日向（ひなた）しか知らねえ子だと思ってたんだよ。見た目がぽわんとしてるせいだろなぁ」

「……ぽわんとしてますか？　ぼく」

「してるじゃねえか、ほら」

言いながら伸びてきた手が、郁生の頭をぐしゃぐしゃにかきまぜる。

いい加減、慣れてきたとはいえ、天然パーマのことをからかうのはやめてほしい。頭突きをするようにして抗うと、刀瀬が笑う。

「身寄りがねえなら、うちにずっといたらいい。きっちり面倒を見てやるぞ」

「なんで刀瀬さんに面倒を見てもらわなきゃいけないんですか。前にも言ったとおり、ぼくは小さくてもいいから自分の店を出すことが夢なんです。借金を返し終えたら、ぜったいぼくを自由にしてくださいね。とっとと出ていきますので」

「っとにつれねえな。こっちは口説いてんだよ、分かるだろ」

「ええ、分かります。ようするに料理のできる人が必要なんですよね」

それ以外に理由などあるわけがない。笑う刀瀬の声を聞きながら髪の毛を整えていると、あろうことか溶けかけのアイスが棒から外れ、ぼたっと膝の上に落ちてしまった。

「ああもうっ。刀瀬さんが余計なことをするから」

「さっさと食わねえからだろ。おい、おしぼりはどこにある」

「ええー、そのバッグのなかに入ってませんか？」

二人で荷物を引っくり返していると、ふいに刀瀬が振り返る。つられて郁生も顔を上げると、いつの間にか桜太朗がレジャーシートの横に立っていた。

「どうした。砂遊びはもうやめたのか？」

「――パパもいくちゃんもずるい！　なんでぼくにないしょでアイス食べてんのっ」

「別に内緒じゃねえよ。お前のもちゃんと買ってやる。ちょっと待ってろ」

桜太朗は不満げに頬を膨らませると、バッグを漁っている刀瀬の背中によじ登る。

刀瀬から桜太朗の顔は見えない。桜太朗は片方の頬を刀瀬の肩にぺったりとくっつけ、物言いたげな眸でじっと郁生を見ていた。

（あの視線の意味は、なんだったんだろう）

親子遠足から数日経ち、無性にそれが気になるようになった。もしかして桜太朗に避けられているんじゃあ……と思うことが増えたからだ。

刀瀬がいるとそうでもないのだが、刀瀬がいないとなると、桜太朗はあまり郁生の側には来ない。昨日はおやつを作って桜太朗の帰りを待っていたというのに、いつものように「おうちゃん、おやつ食べるー？」と訊いたところ、「いらない」と首を横に振られてしまった。

やはり先にアイスを食べたのがまずかったのだろうか。桜太朗の目には、大好きなパパと郁生がいっしょになって自分を除けものにしているように映ったのかもしれない。

あれこれ考えながら十三人分の夕食の支度をしていると、玄関口から「ただいまー」と桜太朗の声がした。

保育園から帰ってきたらしい。桜太朗はだだっと廊下を駆けて、まっすぐにＬＤＫへやってくる。だがキッチンカウンター越しに郁生と目が合った途端、はっとした顔つきになり、ＬＤＫから出ていってしまった。

（うわ、なんでなんで⁉）

どんよりとした気持ちでサーモンの切り身に酒を振っていると、ＬＤＫのドアがほんの少し開いていることに気がついた。もしやと思ったとおり、桜太朗が顔の半分だけ覗かせて、こっそりと郁生を見ている。

四歳児の心がまったく分からない。ひとしきり眉根を寄せてから、できるだけ明るい声で「おうちゃん、お帰りー」と声をかけてみる。

「今日の晩ごはんはお魚だからね。お魚は好き？」

郁生が言った直後、バタンッと音を立ててドアが閉じられる。

（う……）

内心傷ついていると、再びドアの開く音がした。やはり桜太朗だ。桜太朗はしばらく郁生の様子を窺っていたかと思うと、意を決したような表情でキッチンにやってくる。

「いくちゃんはパパのこと、嫌いなの？」

「え……？」

「ぼくのおうちのコックさん、やめちゃうの？　お店屋さんは、ぼくのおうちでできないの？　遠くに行っちゃうの？」

「え、え……？」

桜太朗の眸に大粒の涙が浮かんでいることに気がつき、おどろいた。

「ちょ、ちょっと待って。それ、なんの話？　ぼく、そんなこと言ったっけ？」

慌てて桜太朗の前で膝を折り、はっとする。

――なんで刀瀬さんに面倒を見てもらわなきゃいけないんですか。

――ぼくは小さくてもいいから自分の店を出すことが夢なんです。

親子遠足で刀瀬といっしょにアイスを食べていたときのやりとりがよみがえり、青ざめた。

おそらく桜太朗は、郁生と刀瀬が気づくよりも前にシートの近くに来ていて、あのときの会話を聞いていたのだろう。だから刀瀬の背中によじ登ったあと、複雑な眸で郁生を見ていたのかもしれない。何もかも察した途端、申し訳ない気持ちでいっぱいになった。

「ごめんね、おうちゃん。あれは本気で言ったんじゃないんだよ。ああいや、お店を出したいのは本当なんだけど、叶うのはずっとずっと先のことだと思う。お店屋さんをするには、もっとお料理の勉強をしなくちゃいけないし、お金だってたくさん貯めないといけないんだ。だから心配しなくても、ぼくは当分おうちゃんちのコックだよ」

「……ほんと?」

「うん、ほんとだよ。これからもおいしいごはん、いっぱい作るからね」

郁生がにこっと笑うと、桜太朗は安心したようだ。目尻に滲んだ涙をこしこしと手のひらで拭ってから、久しぶりに満面の笑顔を見せてくれる。

「よかったぁ。ぼくね、いくちゃんのごはん、大好き。いくちゃんのことも大好き」

「ありがとう。ぼくもおうちゃんのこと、大好きだよ」

もう二度とこの子の前で迂闊なことは言うまい。そう心に刻んで桜太朗の頭を撫でていると、桜太朗がスモックのポケットをごそごそと探り、キャンディーを取りだした。

「いくちゃんにあげる。魔法のあめちゃんだよ。パパと仲よしになれるから食べてみて」

「え……」

それはいらないと、あやうく真顔で言ってしまうところだった。慌てて口角を持ちあげ、桜太朗の差しだすキャンディーを受けとる。

どこのメーカーのものだろう。見慣れない包み紙だ。

「これ、魔法のキャンディーなの?」

「うん。子どもは食べちゃだめなんだって。かずちゃんとげんちゃんがくれたの」

桜太朗は言ってから、しまったという顔つきになり、小さな手で口許を覆う。

「えっとね、ないしょなの。大人が仲よしになれるあめちゃん。ぼくはパパのこともいくちゃんのことも大好きだから、もっと仲よしになってほしいんだー」

子どもは食べられないということは、リキュール入りのボンボンなのだろうか。

(それを保育園のお友達からこっそりもらったってこと？)

包み紙をほどくと、少し大きめのピンク色のキャンディーが現れる。

調理前は味つけに響くので甘味の強いものは口にしないようにしているのだが、今日はまあいいだろう。ぽんと口に放り込む。

(うわ、にがっ)

甘そうな色合いに反して、薬草くさい味だ。だからといって、郁生の感想を待っている桜太朗の前でおかしな表情はできない。「ありがとう。魔法、効いちゃうかもねー」と笑ってみせると、桜太朗がうれしそうに身を捩らせる。

「ぼく、お着替えしてくるー」

「うん。いってらっしゃい」

それにしてもまずいキャンディーだ。体にいい成分が入っているのだとしても、この味はない。桜太朗がＬＤＫを出ていったのをいいことに、ガリッとキャンディーを噛む。

(うん？　リキュールなんて入ってないじゃん。あ、まずいから大人向けってことか)

噛み砕いたキャンディーを水で飲み下してから、郁生は夕食作りを再開させた。

今日のメインはサーモンのア・ラ・ヴァプールだ。三種類のきのこといっしょに蒸す。それからお味噌汁と、菜の花のおひたし。ちょっとさびしいような気がしないでもないが、張り切りすぎて続かなくなっても困るので、このくらいでいいだろう。

　なんだか体が変だなと気づいたのは、そろそろ夕食が完成といったときだった。

　風邪でも引いたのだろうか。妙に全身が火照るような感じで、キッチン内でしか動いていないというのに、息が上がる。視界が薄らぼんやりするし、おひたしの味つけも決まらない。しまいには配膳担当の若衆に「大丈夫っすか？」と眉をひそめられてしまった。

「なんか顔が赤いっすよ。こんな時季にインフルとかじゃないっすよね」

　そう言われても、インフルエンザに罹ったことがないのでよく分からない。首を捻りながら、自分の額に手を当ててみる。発熱していることはまちがいなさそうだ。

「どうも熱があるみたいです。将吾さんはもう帰ってこられますか？」

「あ、はい。たぶん」

「じゃあ、盛りつけをお願いします。将吾さんたちにうつしてしまったら大変なので、ぼくは離れに引っ込んでますね。将吾さんが帰ってきたら、皆さんで夕食を召しあがってください」

　郁生はよろつきながら離れに戻ると、まずは水を飲んだ。

　体温はぐんぐん上昇しているようだ。動けるうちにと思い、寝室として使っている東の六畳間に布団を敷く。たったそれだけの動きでもハァハァと湿った息が洩れ、首筋がじっとりとした汗で濡れていく。とてもコックコートを着ていられず、上も下も脱ぎ捨てる。特に体の真ん中が熱くてたまらない。いわゆる男子の証というやつだ。

(いつもの風邪とちがうような……。これがインフルエンザってやつなのかも)

何の気なしに視線を下方にやって、ぎょっとした。

下着の真ん中がプチテントのようにぴんと張りつめている。

これはいったいどういうことなのか。あたふたと布団の上に尻をつき、下着のなかを覗いてみる。まさかのまさか、稀に見る臨戦態勢の自分のペニスがあった。

「な……なんで?」

真面目に夕食作りに励んでいただけだというのに、自分のここは何と戦うつもりなのだろう。恋愛らしいことに縁がないとはいえ、一応郁生は男子だ。だからといって、しょっちゅうここをいじる趣味はなく、自分ではむしろ淡白なほうだと思っている。

ごくっと唾を飲み、天を仰ぐイチモツに手を這わせてみる。扱くどころか、手のひらで包んだだけなのだが、ぴゅっと精液が噴きでておどろいた。

汚れてしまった下着を呆然と見おろしてから、慌てて脱ぎ捨てる。

(も、もしかして……)

数年前、いや、もっと前だろうか。新型インフルエンザという言葉を聞いたことがある。新型というからには、性欲に異常をきたす症状も含まれているのかもしれない。郁生の推察を裏づけるように、ペニスはたったいま放ったばかりだというのに、再びドヤ顔でファイティングポーズを決める。

（ど、どうしよう。こんな交尾前の牡馬みたいな状態で死んじゃったら……）

自分の体の変貌が信じられず、ティッシュで後始末をする手が震える。その上、体が重怠くてまともに動けず、丸めたティッシュをごみ箱に入れることすらままならない。

乱れた布団の上でひとり途方に暮れていると、ガタッ……と縁側のガラス戸が揺れた。

「おい、大丈夫か？　体調を悪くしてるって聞いたぞ」

この声はまちがいない、刀瀬だ。

きっと仕事から帰ってきたのだろう。急いでコックコートを引き寄せ、ぐしゃぐしゃのそれを抱きしめる。ほぼ同時に障子が開き、スーツ姿の刀瀬が入ってきた。

「えっとあの、着替えようと思ってて、その」

全裸の理由を説明しようにも、うまく舌がまわらない。そんな郁生を見て、刀瀬は異常を感じとったのかもしれない。すぐに布団の脇に膝をつくと、郁生の上体を抱き支える。

「体が熱いな。熱があるんだろう。横になってたほうがいい」

「……う……」

「着替えはどこだ。俺が着替えさせてやる。こんな格好はよくねえぞ」

普段の郁生なら、「出ていってくださいっ」と顔を真っ赤にして喚いていただろう。だが不安まみれのいまは、刀瀬の力強い声に救われた。涙がせり上がってくるのを感じながら、刀瀬の広い胸にこめかみを預ける。

「新型のインフルエンザだと思うんです。体が変で……」

「インフル？　そりゃねえだろう。園でもとっくに流行りは終わってるぞ」

「でもいつもの風邪っぽくないんですっ。めちゃくちゃ体が熱くて、頭もくらくらするし」

「分かった。だったらすぐに医者を呼──」

刀瀬がふと口を噤む。きっと気づいたのだ。青くさい精液の匂いと、乱雑に丸められている下着とティッシュの存在に。

たまらず両手で顔を覆い、嗚咽を洩らす。

「ち、ちがうんです。なんか体が勝手におかしくなって……ほんとです。いやらしいこととか何も考えてません」

「落ち着け。邪魔をしたんなら謝る。悪かった、いきなり入ったりして」

「だからちがうんですってば……っ」

いったいどう言えば伝わるのだろう。思いきって股座を覆っているコックコートを掴み、きゅんとそそり立ったままのペニスを見せる。刀瀬がおどろいた様子で目を瞠るのを確かめてから、再びコックコートで覆い隠す。

「ぼくは母屋で皆さんの夕食を作ってただけなんです。なのにこんなことに……」

じゃっかん戸惑ったふうの刀瀬の表情が、ただの欲求不満じゃねえのか？　と訊いているような気がして、「ぼくは淡白なほうなんですっ」と潤んだ眸で訴える。

分かった分かったというように頭を抱かれた。

「だったら、そうだな。変わったもんを飲み食いしたとか」

「飲み食い？　……あっ、キャンディーを食べました。桜太朗くんにもらったんです」

「桜太朗に？」

「はい。パパと仲よしになってもらいたいからって。魔法の飴ちゃんだそうです」

言いながら、ぐしゃぐしゃになっているコックコートのポケットから包み紙を取りだす。

もしかして刀瀬はキャンディーの存在を知っていたのだろうか。包み紙を見せると、あからさまに表情を強張らせた。

「桜太朗が持ってたのか？　これを？」

「お友達から内緒でもらったみたいです。ええっと誰だったかな、かずちゃんとげんちゃんって言ってたような……」

二人の名前を挙げた瞬間、刀瀬の顔つきが凶悪犯のように険しくなる。そんな表情のまま、ジャケットのポケットからスマホを取りだすと、どこかへ電話をかけ始めた。

「——俺だ。和磨と源二に正座させておけ。ああ？　玄関前に決まってんだろ。あとで俺がぶっ飛ばす」

どういうことなのだろう。

固唾(かたず)を呑んで見守っていると、スマホをしまった刀瀬が短く息をつく。

「その飴は、ただの飴じゃねえ。半グレたちの間で流行ってる、経口(けいこう)タイプの媚薬(びやく)だ。うちの若いやつがなんで桜太朗に渡したのか知らねえが、ようするにお前は一服盛られたってことだ」

「一服盛られたって……えっ、媚薬?」

刀瀬は大丈夫だというように郁生の髪を撫でつけると、立ちあがる。

「落とし前はきっちりつけてやる。とりあえず好きなだけ抜いて休んでろ。朝には元の体に戻ってるはずだ」

ひとりきりにされてしまうのが分かり、慌てて刀瀬のジャケットの裾(すそ)に手を伸ばす。だが体が重くてうまく腕を伸ばせず、布団の上に転がってしまった。

「おい、しっかりしろ」

再び抱き支えられたのをいいことに、がしっと刀瀬の首根に腕を巻きつける。

「こんなときにひとりにしないでくださいっ。訳の分かんないものを食べさせられたのに!」

「何言ってんだ。ひとりじゃねえと何もできねえだろうが」

「嫌です! だって死ぬかもしれないじゃないですか。ぼくはいままで一度もこんなふうになったことなんてないんですからっ」

怖いし情けないしで、涙が溢れる。

もはや恥も外聞もない。刀瀬の首筋に顔を埋めてしゃくり上げる。

「落ち着けって。大丈夫だ、死にはしねえよ」

「でもっ……でも」

ぐすぐすと洟をすすっていると、耳の尖りに唇らしいものを感じた。

もしかして口づけられたのだろうか。びっくりして抱きつく腕を緩めると、刀瀬の唇が追ってきて、郁生のこめかみをくすぐってくる。

「ったく、泣くんじゃねえ。俺が触っても構わねえのか？　てめえがねだってんのはそういうことだぞ」

「……だ、だって……」

分かってはいるが、やはりひとりは怖い。

性懲りもなくぐずぐず言っていると、刀瀬がジャケットを脱いだ。あらためて引き寄せられ、刀瀬の胸に背中が触れる。とんでもないことをせがんでしまったとはじらいを感じたのは一瞬で、すぐに言葉にできないほどの安堵が広がる。

きっと刀瀬なら助けてくれる——。

がっしりとした胸にもたれて熱い息を吐いていると、胸の尖りを撫でられた。

「う、あ……」

ふいに走ったぴりっとした疼痛に、細く声を上げて身を捩る。

乳首がこれほど敏感な場所だったなんて知らなかった。凝(こご)った芯の上を行き来する手のひらを感じるたび、「あぁ……ん」と声を上げ、もじもじと腰を躍(おど)らせてしまう。なんだか犬が尻尾を振っているみたいではずかしい。

小さく唇を噛んだとき、刀瀬の手が郁生の股座を覆っているコックコートを取り払った。

「だ、だめ……っ」

濡れた屹立(きつりつ)がさらされた瞬間、反射的に股間を両手で覆い隠す。

「どうして」

「あの、よく考えたらまだお風呂に入ってなくて……それにその、さっき暴発したから、すごく汚れてると思うんです……」

いまさら気づくなんてどうかしている。歯医者にかかるときは歯を磨(みが)いておくのが当たり前なように、誰かに体を見てもらうのに、汚れたままでいるなどありえない。

「お前なぁ。そういう言い訳は、男には通じねえんだよ」

(……言い訳?)

そんなつもりで言ったのではないのだが。

うつむいたまま、考える。これは郁生の体が少々汗ばんでいようが、股間がぬるついていようが、まったく気にしないという意味なのだろうか。

ちらりと上目をつかうと、笑っている刀瀬と目が合った。

「ひとりじゃどうにもできねえんだろ？　いいから見せてみろ。楽にしてやる」

言いながら下った手が、股間を押さえつけている郁生の手の上に降り立つ。細くてやわやわした郁生の手とはちがい、男らしくて大きな手だ。撫でられるだけでぞくぞくしてしまい、息が乱れた。こくっと唾を飲んでから、恐る恐る自分の手をどかす。

「は、ぁ……」

見せられないものを内緒で受け渡しするように、すぐに刀瀬の手に包まれた。

やはり郁生のものとはちがう、逞しい手の質感に肌が粟立った。幹はやんわりと扱くように、陰嚢は転がすようにと愛撫され、あっという間にのぼりつめる。

「あっ、あっ……あっ」

刀瀬の胸に後ろ髪を擦りつけるようにして白濁を放ったが、体の昂ぶりは鎮まらない。直に触れている刀瀬も分かっているのだろう。郁生の精液で汚れた手を拭うこともせず、再び緩急をつけて扱かれる。

ああ、すごく気持ちいい……。

ぜったいに言えない言葉を胸のなかで唱えながら、二度目を解放させる。

「どうだ。少しは楽になったか？」

「……はぁ……ふぅ」

媚薬というものは、アルコールのようにまわるものなのだろうか。合わせて三度も達したというのに、まだ体の奥がじくじくと燃えている。

　だからといって、足りないなんて言えるわけがない。頬を真っ赤にさせて目をしばたたかせていると、ころんと布団に転がされた。慌てて体を起こそうとしたものの、俊敏には動けず、刀瀬にのしかかられてしまった。思いきり目を瞠り、いまは上にある顔を見つめる。

「何、ビビってんだ。乱暴になんかするわけねえだろ」

　刀瀬が心外とばかりに眉をひそめる。

「まだ足りねえんだろ？　もうちょっとかわいがってくれってお前のここが言ってるぞ」

「え？　……あっ」

　訊き返すよりも早く、萌(きざ)しかけの性器を握られた。

　郁生の逡巡(しゅんじゅん)をよそに、体のほうはとっくに自己主張をしていたらしい。武骨な手のひらに包まれた途端、ああんと甘えるように先走りの露(つゆ)を溢れさす。慣れ親しんだ自分の体とはとても思えず、たまらずくしゃっと顔を歪める。

「ぼ、ぼく……本当にこんなになるのは初めてで……いやらしいこととかも、普段は全然考えてなくて……っ」

「んなこと、お前を見てりゃ分かるよ」

　刀瀬が呆れたように笑い、郁生の目尻に口づける。

「目ぇ瞑(つむ)れ。俺じゃない、どっかのいい男でも想像してろ」

嗚咽を呑み込んでから、言われるままにぎゅっと目を瞑る。

けれど、どこかのいい男というのが出てこない。うんうんと唸りながら眉根を寄せる郁生を置いてきぼりにして、刀瀬の唇が下っていく。

まずは鎖骨の尖りに、次は桜色に染まった乳暈に唇を寄せられる。跡も残らないだろうやんわりとした口づけだ。その間も性器を愛撫する手は止まない。上半身にも下半身にも刺激を与えられ、「はぅう……」と喘ぎながら、布団の上に両腕を投げだす。

熱くてとろりとした蜜のなかを漂っているような気分だ。乳暈から脇腹、そして臍へと、やさしく滑る唇に丁寧に快感を引きだされ、先ほどまであった戸惑いが溶けていく。

「ぁは……ん、ふ……」

本当に触れているのは刀瀬なのだろうか。ここまでやさしいのが信じられず、薄目を開けて頭を持ちあげる。あっさり刀瀬に見つかり、「こら」と言われてしまったが。

「目ぇ瞑ってろって言っただろ」

「だ、だって……」

やっぱり刀瀬さんだった——。

じんと熱くなる頬を感じていると、屹立にねっとりとしたものが絡みついた。

「ああっ……ん」

蕩けるとは、こういうことをいうのかもしれない。あまりの心地好さに、まぶたの裏が目映

い光に染まる。甘えるようにもじっと腰を揺らめかしてから、屹立に絡みついているのが舌だということに気がついた。

一度目は薄目で、二度目はぱっと目を見開いてから、頭を持ちあげる。

「そ、そんな、だめです……だめ」

「なんで。舐めるくらい、いいだろ」

舐めるくらいって――。

もっと他のこともしたいように聞こえてしまい、頬が真っ赤に染まる。

うろたえている隙に、張りつめた幹を唇で包まれた。

「っはぁ……」

亀頭のぐるりを辿る舌にほだされて、蜜液が滲みでる。まさか先走りの雫をちゅっと音を立ててすすられてしまうとは思ってもいなかった。おいしいものではないはずなのに、唇も舌も離れないのが信じられない。さらに奥まで咥えられ、目の奥で光が散った。

「ああ、だめぇ……っ」

かすれた声で啼きながら、刀瀬の口のなかで精液を放つ。

快楽の余韻に肌を震わせたのは束の間だった。すぐに羞恥に苛まれ、たまらず両手で顔を覆う。このまま気を失うことができたらどんなにいいか。「うう……」とひとり、嗚咽を噛み殺していると、刀瀬がずり上がってくるのが分かった。

「嫌だったのか?」

そんなふうに訊かないでほしい。唇を使った愛撫なんてされたことがなかったから、びっくりしてはずかしかっただけだ。ゆるゆると首を横に振ると、刀瀬が吐息で笑う。

「お前はかわいいな」

声もそうなら、くしゃっと郁生の前髪をかきまぜる手つきもやさしい。

鼓動がとくんと跳ねるのを感じながら、恐る恐る顔を覆う手を外す。

「あまり余計なことは考えるな。気持ちいいときはいいで、いいんだよ」

「……でも、はずかしかった」

「そっか。初めてだもんな」

秘密を共有したせいだろうか。切れ長の眸までいつもよりやさしく見える。

じっと刀瀬を見つめたあと、人生最大の勇気を振り絞り、刀瀬の背中に腕をまわしてみる。

夜は始まったばかりだ。もっともっとこの人に触れられていたい。――そんなふうに思うのも、媚薬の効果なのだろうか。

翌日――郁生はチュンチュンと無邪気に鳴く雀の声で目が覚めた。
しかし体は怠く、まぶたも重い。まるで泥でもつまっているかのようだ。しかめた顔でなんとか寝返りを打ち、まぶたを持ちあげる。

「う、ん……？」

障子が光を受けて白く染まっている。――ということは、朝。

夜明け前に起きなければ、十三人分の朝食作りに間に合わない。びっくりして飛び起きたとき、自分がすっぽんぽんだということに気がついた。

（ぎゃあぁぁあっ）

そうだ、昨日は魔法のキャンディーとやらを食べたせいで、体がおかしくなって――。

思いだした途端、頭のなかが白一色に染まる。

いや、いまはショックを受けている場合ではない。ぶるっと頭を振ってからスマホを捜しだし、刀瀬に電話をかける。

「すみません、寝坊をしてしまいましたっ。朝ごはん、間に合いません！」

『おう、起きたか。メシは気にすんな。適当に済ませたところだ』

「本当に申し訳ありませんでした！　片づけはぼくがしますので、どうかそのままで――」

『お前が謝ることじゃねえだろ。いま、構わねえか？　そっちに行きたいんだが』

刀瀬が来る――。

慌てて適当なTシャツとパンツに着替え、縁側で体操座りをする。

いったいどんな顔で刀瀬に会えばいいのだろう。土くれをつつく雀たちを見ているうちに昨夜のことがひとつずつよみがえり、いたたまれなくなってきた。

最後まではしていないというものの、刀瀬の腕のなかで乱れたことに変わりはない。その上、郁生は自ら刀瀬の背中に腕をまわすこともしたのだ。あのあとも刀瀬の手技に溺れ、二度目三度目の口淫を味わい、あられもない声を上げて身を捩らせ――。

かあっと頬が熱くなる気配がし、たまらず自分の膝頭に顔を押しつける。

お抱えコックの仕事を愛人業だと勘ちがいしたときも、散々からかわれたのだ。刀瀬の前で乱れ喘ぐ姿をさらしてしまったいま、これ以上ないほどのからかいのネタを提供したことになる。

(うう、嫌だなぁ。お前はあっちの毛ももふついてんだなとか、頭が爆発したから性欲も爆発したんだろとか言われそう……)

はあぁとため息をついていると、桜太朗の声がした。「いくちゃーんっ」と呼びながら、母屋のほうから必死な顔つきで駆けてくる。

「ぼく、ぼくっ……魔法のあめちゃんが悪いおかしだって知らなくてっ。いくちゃん、お熱が出たんでしょ?　もう元気になった?」

縁側にやってきた桜太朗は、ゼェハァと肩で息をしながら郁生を見上げる。

目許が腫れぼったいので、パパに叱られて泣いたのかもしれない。郁生は慌てて口角を持ちあげた。

「大丈夫。心配かけてごめんね。もう治ったから、晩ごはんはちゃんと作るよ」

「ほんと？」

「うん、ほんと」

桜太朗は「よかったぁー」と笑みを広げると、たんぽぽの束を郁生に差しだした。

「これ、いくちゃんにあげる。早起きしてパパといっしょにつんだの。おみまいだよ」

「へえ……」

やくざの若頭がどんな顔をして幼い息子といっしょにたんぽぽを摘んだのか。なんだか想像するとおかしくて、少しだけ心がほぐれた。

「ありがとう。お部屋に飾るね」

笑顔でたんぽぽの束を受けとったとき、土を踏む音がした。

桜太朗がぱっと振り向いて、「パパー！」と駆けていく。

「いまね、いくちゃんにたんぽぽ渡したの。お部屋にかざるって言ってくれた」

「そうか、よかったな。じゃ、次は保育園に行く支度だ。じいさんがいるから手伝ってもらえ」

「はあい」

刀瀬によしよしと頭を撫でられた桜太朗は、「またねー！」と郁生に手を振ると、母屋のほうへ駆けていく。

逆に刀瀬は一歩、また一歩と、縁側に近づいてくる。

「あっ……その、えっと」

電話ではしゃべることができたのに、刀瀬の顔を見るとだめだった。

昨夜はご迷惑をおかけしましたとか、朝ごはんを作れなくてすみませんとか、言わなければならない言葉が頭のなかを旋回するだけで、うまく声にできない。真っ赤な顔で口ごもる郁生を見てどう思ったのか、刀瀬は平淡な声で「よう」と言い、縁側に腰を下ろしてくる。

「どうだ、体の具合は。もう元に戻っただろ」

「あ、はい……おかげさまで」

応えてからはっとする。

おかげさまで。――簡単に使いがちだが、これ以上相応しい言葉はない。まさに郁生は刀瀬のおかげで楽になれたのだ。

(うう……)

果たしてこの頬はどこまで赤くなるのだろう。うつむきついでに刀瀬から視線を逸らし、縁側の板の目をいじる。

「昨夜のことだがな――」

刀瀬の説明によると、きっかけは桜太朗だったらしい。

保育園の帰り道に、「いくちゃんはパパのこと、嫌いみたい」とべそをかき、その日のお迎え担当だった若衆――かずちゃんとげんちゃんが、「だったら郁ちゃんにこれを食べさせてみろ。パパと仲よしになるかもしれねえぞ」と、媚薬入りのキャンディーを悪戯半分で桜太朗に渡したのだとか。

「悪かった、くだらねえことに巻き込んじまって。和磨と源二はぶっ飛ばしたからな」

「あ、いえ……ぼくのほうこそ、すみませんでした」

若衆二人のくだらない悪戯に巻き込まれたのは郁生でも、昂ぶった体をどうしようもできなくて、刀瀬を巻き込んだのは郁生だ。ある意味、かずちゃんとげんちゃんの思惑どおりに事が運んだことになる。

ただし、刀瀬とは仲よしになるどころか、気まずい関係に陥ったただけだが。

「んな顔、すんじゃねえ。こっちだってどうしていいか分かんなくなるだろが」

「ぼ、ぼくだって、どうしていいのか分かりません」

「お前が悪いわけじゃねえんだ。ふつうにしてりゃいいんだよ、ふつうに」

そのふつうを取り戻せそうにないから困っているのだ。

唇を尖らせて膝を抱えていると、刀瀬がぽふぽふと郁生の頭を撫でてきた。

「ま、事故に遭ったと思って忘れるんだな。俺を男の数に入れるんじゃねえぞ。どうせ最後までしてねえんだ。お前はいまもまっさらなきれいな体だよ」

まっさらなきれいな体――。

そんな言葉が刀瀬の口から飛びだすとは思ってもいなかった。おどろいて顔を上げると、

「んだよ、不服か？」と刀瀬が眉をひそめる。

「あ、いえっ、まったく」

慌てて勢いよく首を横に振ると、その仕草がおかしかったのか、刀瀬が切れ長の眸を細めてみせる。

精悍な顔立ちに差した、甘み——。

そういえば、刀瀬は昨夜も何度かこういう表情を見せた。

どきどきしながら釘づけになっていると、ふと刀瀬の視線が下向きになった。視線の先には、桜太朗のくれたたんぽぽの束がある。

「健気だよなぁ、この花は」

もしかして独り言だったのだろうか。郁生が「え？」と訊き返したことで、刀瀬は自分の口から洩れた言葉に気づいたらしい。「ああいや——」とばつの悪そうな顔をする。

「冬にもめげずにぐっと地べたに根ぇ下ろして、春になると日向に向かってぱかって花を咲かせる。かわいいだけじゃねえ。俺はこの花がいちばん好きなんだ。てめえに似てる」

ぱちぱちと瞬いたあと、かあっとのぼせたように頬が熱くなった。

自分のことを蓼のようだと感じたことはあっても、たんぽぽのようだと思ったことは一度もない。こういうときはどう応えるのが正解なのだろう。慌てふためきながら言葉を探していると、遠くのほうから「パパー！」と聞こえてきた。

空色のスモックに黄色のバッグを下げた桜太朗が、母屋の側でぶんぶんと手を振っている。

「パパー、おしたくできたーっ」

「よーし。じゃ、保育園に行くかー」

刀瀬は立ちあがると、ぽふっと郁生の頭に手を置く。

「元気出せ、もふっ子。あまり落ち込むんじゃねえぞ」

まただ。また、やさしい顔――。

桜太朗のほうに歩んでいくスーツの後ろ姿を、ぼうとした眸で見送る。

(全然、からかわれなかった……)

あっちの毛がどうのと、くだらないことを考えていた自分がはずかしい。がちがちに強張っている手足をくつろげてから、膝の上にたんぽぽの束をのせる。

誰もが知っている、かわいらしい春の花――。

「に、似てる、かな?」

もう縁側には誰もいないので、どんなに顔を赤くしても平気だ。いまになって壊れたように鳴り始める心臓の音を感じながら、可憐(かれん)な黄色い花を鼻先に持っていく。

＊＊＊

朝は夜明け前に起床して朝食の支度をし、夜は夕食を作ったあと、次の日の仕込みを済ませてから離れに帰る――。

刀瀬家に引っ越してから一ヵ月もするとしっかりリズムができて、慌てることもなくなった。食材は毎日業者に配達してもらうので、重い荷物に四苦八苦することもない。昼間の時間帯は離れで洗濯をしたり、野菜の切れ端を干したりと、自由なことをして過ごす。休日は申請するタイミングがいまひとつ分からなかったので、水曜日に決めてもらった。

なかなか悪くない仕事だ。やりがいもある。ただ、刀瀬のことを考えると、複雑な気持ちに陥ってしまう。

はぁとため息をつき、縁側の下に茂ったカタバミを引っこ抜く。

今日は水曜日なので、郁生は休みだ。二日続いた雨が昼過ぎに止んだこともあり、庭先の雑草と格闘している。

無心になりたくて選んだ作業だったが、成果はまったく出ていない。二、三本の雑草を抜いただけで手が止まり、たいてい刀瀬のことを考える。

(刀瀬さん、すごくやさしかったよなぁ)

思いだすのは、媚薬入りのキャンディーを食べた日の夜のことだ。

恋人でもない郁生にあんなふうに触れることができるのなら、好きになった人にはどんなふうに触れるのだろう。いつもよりぐんと甘かった表情や、触れた手のやさしさ、肌を辿る唇の熱さを思いだしながら、ひとり頬を赤くする。

だが、結局は昂ぶる体を慰めてもらっただけだ。それ以上のことはしていないし、刀瀬自身もしようとしなかった。だからこそ、さびしいような、悲しいような、複雑な気持ちになるのだろう。

(うん? これって最後までしてほしかったってこと?)

わざわざ顎に手をやり、考える。

ちがう。最後までしてほしかったんじゃない。刀瀬にとって、自分は欲しがられる存在ではないのだと分かってしまったことが、さびしいような、悲しいような気持ちにさせるのだ。

またひとつ見つけたくない答えを見つけてしまい、ため息をつく。

刀瀬に初めて触れられた日から、どうも心の調子がおかしい。もしこれが恋なら、おおごとだ。ぜったいに叶わないと断言できるから。

——俺はゲイじゃねえよ。女のほうがいいに決まってんだろ。

お抱えコックになって初めての日、刀瀬は確かに言ったのだ。あのときすでに、郁生は振られていたことになる。

(ぼくだってゲイじゃないんだけどなぁ……)

これが本当の、魔法のキャンディーの効果なのかもしれない。食べたのは郁生だけ。刀瀬は郁生に付き合っただけ。もしあのキャンディーが二つあって、ひとつを刀瀬に食べさせることができていたなら、刀瀬も郁生のように切ない気持ちになっただろうか。

（だいたい、大人が仲よしになるためのキャンディーなんだからさ、二人で食べないと意味ないっての。ちんぴらのくせにぬるいんだよ、かずちゃんとげんちゃんは）

八つ当たり半分にぶちぶちとカタバミを引きちぎり、立ちあがる。

草とりでは無心になれないことが分かったので、次にするとしたら散歩だろうか。そろそろ日暮れが近いものの、今日は夕食作りをしなくていいので、郁生が刀瀬家にいなくても誰も困らない。さっそくスマホと財布をパンツのポケットに突っ込み、離れの敷地を出る。

門扉が見えてきたところで、若衆に手を繋がれる桜太朗の姿に気がついた。

保育園から帰ってきたらしい。桜太朗は郁生を見るとぱっと笑顔になり、黄色いバッグを揺らしながら駆けてくる。

「いくちゃん、どこ行くの？　お買いもの？　ぼくもいっしょにお出かけしたい！」

「あー……」

いつもの郁生なら快く了承するところだが、今日はひとりで歩きたい。「ごめんね。ちょっと用事があるんだ」とうそをつき、帽子をかぶった桜太朗の頭を撫でてやる。

「だけどおやつを作ってるよ。牛乳寒。母屋の冷蔵庫に入れてるから、よかったら食べて」

「わぁーい、やったー！」

無邪気に喜ぶ桜太朗に手を振り、門扉の横の通用門をくぐる。

色白でかわいらしい桜太朗の顔立ちは、花にたとえるなら、薔薇か牡丹だ。野の花ではけっしてない。刀瀬が過去に愛した人、すなわち桜太朗の母はそういう人だったのだろう。男女のちがいは別にしても、郁生とは似ても似つかない容姿だったはずだ。

（あーあ。落ち込むことばっかりだな）

短く息をついてから、あえて腕を振って歩きだす。

都心から離れたこの辺りは古くからの住宅地なので閑静だ。住宅地をしばらく行くと、きれいに整備された大きな公園に突き当たり、小洒落たカフェや雑貨屋などが初めて姿を現す。一昔前は商店街だったのかもしれない。家と家との間や、コーポの駐車場の奥に隠れ家風の店があったりして、路地を歩くのが楽しくなってくる。

きょろきょろと辺りを見まわしながら歩いていると、ふいに「郁？」と呼ばれた。

ぱちっと瞬いてから振り返る。たったいま通りすぎたばかりのカフェのオープンテラスで、沢木が腰を浮かせていた。

「えっ、沢ちん？　何やってんの、こんなところで」

「何じゃねえよ。郁こそ、何やってんだよ」

沢木は休日で、この辺りに住んでいる友人と待ち合わせをしているらしい。けれど約束の時間よりだいぶん早く着いてしまったため、カフェで時間をつぶしているのだという。

沢木と会うのは、『ル・シェノン』を辞めて以来だ。辞めるときに「落ち着いたら連絡するね」と言ったものの、そのままになっている。沢木に「仕事はしてんのか？　あのかあちゃんとどうなったんだよ、なあ」と矢継ぎ早に訊かれてしまい、郁生は苦笑しながら向かいの席に腰を下ろした。

「ええっと、実はいま、刀瀬さんちにお世話になってるんだ」

「刀瀬さんって……えっ、あの刀瀬さん？」

「うん。あの刀瀬さん」

刀瀬が母の借金を肩代わりしてくれたことや、刀瀬家の離れに引っ越したこと、いまは刀瀬家のお抱えコックをしていることを話すと、沢木はますます目を丸くする。

「それってどうなんだよ。やばいんじゃないのか？」

「やばいって何が？」

「何がって……」

沢木はオープンテラスを見まわすと、「あの人、やくざだろ？」とひそめた声で言う。

「うん。だけどいい人だよ。かわいい子どももいるしね」

「子ども？」

「刀瀬さん、子持ちなんだ。四歳の男の子のパパ。奥さんはいないけど」

ちょうど店員がオーダーを訊きにきたので、メニューブックを眺めてから、アイスティーを注文する。店員から沢木に視線を戻すと、沢木は信じられないものでも見るような目つきで郁生を見ていた。

「ぜったいやばいよ。そのうち子どもの世話を押しつけられるんじゃねえの？」

「それはそれで構わないよ。すっごくいい子だもん。刀瀬さんちの男の子」

「そりゃまだ四歳だからだろ？　十年後にはグレるよ。やくざの家の子どもなんだからさ」

沢木は思ったことをそのまま口にするタイプなので、笑って聞き流すのが難しいときがある。今日は桜太朗のことを悪く言われ、さすがにむっとした。

「十年後って何。会ったこともない沢ちんに分かるわけがないだろ」

思いきり眉をひそめるも、沢木は郁生の表情の変化に気づいていないようだ。氷の浮かんだアイスコーヒーをカラコロとストローでかきまぜながら、テーブルに身を乗りだしてくる。

「コックの仕事なんていまだけだって。そのうち、遠洋漁船に乗せられるかもしれねえぞ。稼(かせ)ぐだけ稼がされて、ボロ雑巾(ぞうきん)みたいにされて――」

沢木はふいに口を噤(つぐ)むと、郁生の体に隠れるようにして前方に視線を向ける。

「もしかして郁、刀瀬組の敵対組織に狙われてるんじゃないのか？」

「は？　なんで」

「いや、そこの電柱の陰からやくざ風の男がこっちを見てんだよ。やばいね、あれはぜったいやくざだ。刀瀬さんより顔が怖いし」

「はあ？」

ぐるっと首をまわして後ろを見る。

確かに電柱はあったが、強面の男などどこにも立っていない。

「沢ちん、いい加減にしてよ。ぼくをからかうのがそんなにおもしろいわけ？」

「からかってねえって。さっきは本当にいたんだよ、電柱の陰に男がっ」

沢木は不服そうに下唇を突きだすと、辺りを窺った。

「俺は心配してんだよ。郁みたいな真面目なタイプがやくざとかかわるのはまずいって。もし蟹工船みたいな船に乗せられたらどうすんだよ」

「だから、なんでぼくが船に乗せられなきゃいけないの。刀瀬組がやってるのは建設会社。カニは関係ないじゃん」

「たとえばの話だよ。それより離れってどんな感じ？　もしかして物置小屋とか？」

「まさか。茶室っぽい和風のきれいな離れだよ。前に住んでたアパートよりも広いんだ」

沢木は「へえ」と両目を大きくしたものの、すぐに小難しい顔をしてみせる。

「いやいや、ないない。住居もいまだけだって。郁はぜったい騙されてるよ」

「はあ？」

どうしてそこまで言われないといけないのか。露骨に顔をしかめたあとで、ふと考える。

もしかして目の前にいるのは沢木ではなく、刀瀬家に引っ越す前の郁生かもしれない。

やくざの若頭という色眼鏡で、刀瀬のことを見ていた郁生。代紋入りの名刺におののき、刀瀬からかわいらしいチューリップの花束を贈られても、憂鬱になってため息をつく。あの頃の郁生なら、なんの迷いもなく沢木の決めつけに同調していただろう。

「あのね、刀瀬さんはそういう人じゃないから」

沢木ではなく、過去の自分を叱りつけるつもりで声を尖らせる。

「子育てだってちゃんとしてるし、ぼくのことだって大事にしてくれる。言葉づかいがちょっと乱暴なのと、軽口を叩く癖があるから分かりにくいだけで、本当はやさしくて真面目な人なんだ」

――そう。だから恋をした。

真っ向から認めたせいで、くすぶっていた気持ちがすっと晴れていく。

刀瀬が郁生のことをどう思っていようが、とっくの昔に振られていようが、関係ない。郁生の気持ちはれっきとした恋だ。それも初めての。

(そっか。やっぱり恋か。あれだけ刀瀬さんのことばっかり考えてるんだもんなぁ)

叶わなくても構わない。いや、もちろん叶うほうがいいけれど、たくさんのことは望まない。ただの客でしかなかった刀瀬に助けられて、恋をして、大好きな料理をしながら、同じ敷地内で暮らす――これは大きな奇跡なのだから。

きっとさびしかったり、悲しかったりすることもあるだろう。初めての恋をどう育てていいのか分からないから、まちがったこともしてしまうかもしれない。けれど同じくらい、うれしいことも、どきどきすることもあるだろう。

――かわいいだけじゃねえ。俺はこの花がいちばん好きなんだ。

――てめえに似てる。

可憐(かれん)な野の花と郁生を重ねてくれる人なんて、この世できっと刀瀬くらいだ。体に触れられたときではなく、あの日の朝に高鳴った鼓動こそ、恋の始まりだったのかもしれない。

ふふっとひとりで笑ってから、アイスティーを飲み干す。

「じゃあね、沢ちん。ぼく、帰るから」

「えっ、帰るって……ちょ、怒ったのかよ」

「怒ってないって。沢ちんはこれから友達と会うんでしょ？　じゃ、またね」

気持ちが晴れたので、もう気分転換の必要はない。

一歩ずつ――いや、半歩ずつでも構わない。刀瀬の心に近づきたい。

さて、何からがんばるべきか。郁生はコックなので、やはり料理だろう。

いつの間にか五月も終わろうとしている。そろそろ本格的に暑くなってくると思うので、暑い日でも食欲をそそられるメニューを考えておきたい。日曜日、郁生は以前から気になっていた街角マルシェに出かけることにした。

朝食の片づけを済ませてから、普段着に着替えて離れを出る。

庭では桜太朗が若衆たちとままごとをしていた。郁生に気がつくと、おもちゃの小鍋を持ったまま、駆けてくる。

「いくちゃん、どこ行くの？」

「ちょっとお買いもの。旬のお野菜を見ようと思って」

「ええーっ、ぼくも行きたーい！」

「いいよ。じゃあ待ってるから、お片づけとお支度をしておいで。いっしょにお出かけしよう」

日曜日とはいえ、刀瀬は休日出勤で留守にしている。念のため、『桜太朗くんとマルシェに行ってきます』とＬＩＮＥで伝えてから、支度を済ませた桜太朗の手を引いて家を出る。

街角マルシェは、刀瀬家からほど近い公園の一角で、毎週日曜日の午前中に開かれているらしい。大人の足でも十五分程度で着くので、桜太朗にもそう負担はかからないだろう。保育園の友達の話を聞いたり、しりとりをしたりしているうちに、公園が見えてきた。

遊具のない、どちらかというと大人のための憩いの場といった雰囲気の公園なのだが、今日は万国旗がはためいていて賑やかだ。いくつも張られたテントでは、収穫したての野菜や果物の他に、ジェラートやクレープなども売られている。

「いくちゃん。ぼく、あれが食べたい。いちごとクリームがまきまきされてるやつ」

「クレープ？　早いよ、おうちゃん。いま着いたばっかじゃん」

思わず笑ってしまったが、四歳児というとこんなものなのかもしれない。

「ぜったいにぼくから離れちゃだめだよ？」

と、言い聞かせ、クレープをひとつ買う。桜太朗は片手で郁生の斜めがけのバッグの紐を握り、もう一方の手ではクレープを握り、ちゃんと郁生についてくる。

（へえ、立派なズッキーニ。あっ、空豆もある）

テントに並べられている野菜はどれも新鮮で艶があり、スーパーではなかなか手に入らないものばかりだ。献立のアイデアをもらうだけのつもりがついつい手が伸びて、二つ三つと買い求めてしまう。

（このズッキーニで刀瀬さんにおつまみでも作ろうっと。いや、待てよ。十三人分を買うほうが得だよな。食材費として申請できるし）

にんまりしたとき、桜太朗の口の周りがホイップクリームにまみれていることに気がついた。あははと笑ってから、水道の在り処を探す。

「あっ、あそこに水飲み場があるみたい。おうちゃん、洗いに行こう」

桜太朗は「うん」とうなずいたにもかかわらず、ちらちらと後ろばかりを気にして、なかなか郁生についてこない。しまいにはぴたりと足を止め、テントのほうを振り返る。

「あの人たち、いくちゃんのお友達？　ずっとついてくるよ」

言いながら、桜太朗が人の波に指を向ける。

だがテントに出入りする客が多すぎて、誰のことを言っているのか分からない。もしかして沢木かなと思ったものの、今日は日曜日なのでほぼまちがいなく仕事だろう。とりあえず水飲み場に向かい、湿らせたハンカチで桜太朗の口の周りを拭ってやる。

「ぼくのお友達はコックさんが多いからね。日曜日はたいていみんなお仕事だよ」

「じゃあ、いくちゃんのお友達じゃないの？」

「たぶんね」

再びテントの立ち並ぶ一角に戻り、張り切って十三人分の食材を購入する。結局、郁生の左右の手には大きな買い物袋が三つずつぶら下がり、「いくちゃんは力持ちだねー」と桜太朗におどろかれるほどの大荷物になってしまった。

「おうちゃん、そろそろ帰ろう。お昼が来るし」

「いくちゃん、歩ける？　ぼく、いっこ持ってあげようか？」

まさか四歳の子に心配されてしまうとは。「大丈夫だよ、大人だから」と笑ったものの、特大の買い物袋が合わせて六つともなると、さすがに重い。欲張りすぎたなと少々げんなりしつつ、公園をあとにしたとき、ふっと鳥肌が立った。

ちらりと後ろに見えた、体格のいいジャージ姿の男。どこかで会った覚えがある。

（ええっと……誰だっけ。『ル・シェノン』のお客さんじゃないような……いやでも、ぜったい見たことある人だし）

確かめるつもりで、さりげなく振り返る。

今度は別の男が目にとまった。

（あれ？　あの人、ぼくがクレープを買うときに後ろに並んでた人だ。……うん？　あっちの人は、キャベツを選んでるときに近くにいた気がする）

たまたま帰る方向が同じということだろうか。いや、それにしてもと首を捻りながら歩いていると、ふいに桜太朗の言葉がよみがえった。

——あの人たち、いくちゃんのお友達？　ずっとついてくるよ。

（ま、まさか、つけられてる⁉　それも三人に⁉）

考えすぎではない証拠に、三人は歩いても歩いても郁生についてくる。おまけに三人ともちんぴら風で、贔屓目に見ても、ごくごく一般的な町の人には見えないことも引っかかった。そういえば、この間会った沢木もおかしなことを言っていなかったか。

——もしかして郁、刀瀬組の敵対組織に狙われてるんじゃないのか？

——そこの電柱の陰からやくざ風の男がこっちを見てんだよ。

あのときのやりとりを思いだし、途端に不安になった。

やくざというと、組同士の抗争が鉄板だ。その上、郁生は刀瀬組の若衆でもないのに刀瀬家に住んでいる。敵対組織の若衆たちに、『不審な天然パーマの男』としてマークされているのかもしれない。確かにこの頭は分かりやすい目印になる。

（いやいや、ないでしょ。ないない）

笑い飛ばそうとする心とは裏腹に、不安はどんどん大きくなっていく。郁生ひとりならともかく——ひとりでもかなり嫌だが——今日は桜太朗が側にいるのだ。

（おうちゃんだけは、ぜったいに守らないとっ）

わたわたとバッグからスマホを取りだし、刀瀬家に電話をかける。

出たのは若衆だった。ちらりと背後に視線を走らせてから、スマホを耳に押しつける。

「コックの郁生です。すぐに迎えに来てください。もしかしたら、抗争ってやつが始まるかもしれません」

『コウソウ？　……なんすか、それ』

「抗争は抗争ですよっ。いいから早く来てください。桜太朗くんもいるんですから！」

たまたま目についたカフェを待ち合わせの場所に指定して、通話を終える。

震える息を吐きながらスマホをしまっていると、きょとんとした表情で郁生を見上げる桜太朗に気がついた。

「ねえ、いくちゃん。こうそうってなあに」

「こ、こうそうっていうのは、ええっと……お野菜の名前だよ。それよりおうちゃん、ちょっと休憩しよう。ジュースでも飲まない？　荷物が重いから、お迎えを頼んだんだ」

「ジュース？　お昼ごはんの前に飲んでもいいの？」

「今日は特別だよ。いっぱい歩いたからね」

一分でも早く、桜太朗を男たちから遠ざけたい。ちらちらと後ろを気にしながら財布から千円札を取りだし、桜太朗に握らせる。

「おうちゃん、あのカフェ、見える？　青色の屋根の。あそこでジュースを飲んでて。お迎えが来るから」

「いくちゃんは？」

「ぼくは荷物が重いからゆっくり歩く。あとでちゃんと行くから心配しないで」

桜太朗は少し不安そうな表情をしたものの、「ひとりでカフェなんて大人だねー」と郁生が頬をつつくと、その気になったようだ。折りたたんだ千円札を握りしめると、「もう四歳だからね」と得意げに笑い、とととととっとカフェのほうへ駆けていく。

（これでひとまず大丈夫っと）

桜太朗がカフェに駆け込んだのを確かめてから、くるりと後ろを向き、男たちの行く手を塞(ふさ)ぐように両手を広げる。

「なんなんですか、あなたたち。こそこそとぼくらのあとをつけてきて」

少しは怯(ひる)むかと思いきや、男たちは足を止めただけで、たいして動じない。

むしろ、三人の男と対峙(たいじ)した郁生のほうが息を呑む。

（こ、この人たちって、あのときの——）

まちがいない。疋田金融の借金取りたちだ。

おどろいて目を瞠る郁生の前に、いちばんの強面が歩んでくる。

「なんだ、気づいてたんですね。じゃ、話が早い。ちょっと付き合ってもらっていいっすか？　刀瀬さんにはこっちから連絡しておきますんで」

「どういうことですか？　母の借金のことならもう終わりましたよね？」

「その件じゃないっす。あ、荷物持ちますよ」

男が言うが早いか、残りの二人が郁生の買い物袋を奪い、腕を掴んでくる。

ほどなくして、見覚えのあるバンが現れた。

「――どうぞ乗ってください、守屋郁生さん」


男は川崎と名乗ったが、それ以上は何も語らない。

もしかして人質というものになってしまったのだろうか。煙草の煙くさいバンのなかで縮こまる。後部座席のガラスにはカーテンが引かれていて、どの道をどう走っているのかも分からない。重く胸を打つ自分の鼓動ばかり聞いていると、ついに車が停車した。

ドアをスライドした川崎に「どうぞ」と促され、車を降りる。

竹垣で囲まれた一軒家――いや、料亭のようだ。準備中の札がかかっていたが、川崎は構うことなく表戸に手をかける。

「いらっしゃいませ。お待ちしておりました」

と、和服姿の女性が郁生たちを迎える。どうもこの料亭の女将らしい。女将は川崎と何やら言葉を交わすと、「どうぞ、こちらへ」と先に立って歩きだす。

案内されるまま長い廊下を歩き、辿り着いたのは離れの奥座敷だった。女将は郁生を見て微笑み、「こちらでお待ちください」と下座の席を示す。てっきり川崎も同じ座敷机の前に腰を下ろすのかと思いきや、まるで番犬のように襖にほど近いところで膝をたたんだ。

「あの、どういうことですか?」

川崎に尋ねたものの、答えは返ってこない。

それからどれほどの刻が過ぎただろう。座布団の上で居心地悪く縮こまっていると、「お着きになりました」という女将の声かけがあり、襖が開く。

「川崎、待たせたな」

しゃがれた声を放ちながら座敷に入ってきたのは、和服姿の老人だった。

年齢は八十前後といったところか。眼光は鋭く、好々爺にはとても見えない風貌だ。すかさず川崎が辞儀をする。

老人は当然のように上座の席に腰を下ろすと、郁生を見る。

「ふむ」と唸っただけで、挨拶らしいものは何もない。老人は不躾な視線を郁生にそそいだまま、手にしていた扇子を使い始める。

「川崎。本当にこの者でまちがいないのか？　まったくもって冴えん容姿ではないか」

（……えっ？）

冴えん容姿というのは、郁生をさした言葉だろうか。ぎょっとして固まる郁生をよそに、

「まちがいございません」と川崎が頭を下げる。

「名前は守屋郁生。西麻布のフレンチレストラン『ル・シェノン』で働くコックでした。彼の母親の借金八百万円を、刀瀬組の若頭が個人資産から一括で返済。その後、彼は店を退職し、刀瀬組の屋敷で暮らしております。今日は若頭のひとり息子と外出しておりましたので、息子とも親しい関係を築いているかと思われます」

川崎の説明に、老人が苦々しげな表情を作る。

「なぜだ、おい。刀瀬の長男坊はこいつのどこがいいと言っている」

「申し訳ございません。そこまではちょっと……」

川崎が口ごもると、老人は荒々しく鼻息を吐き、郁生を見やる。

「わしは疋田だ。疋田武蔵。金融業を営んでおる」

ということは、川崎たちの大ボス、疋田金融の社長か会長だろう。もしかして、刀瀬が『疋田の親父さん』と言っていた人かもしれない。

「は、初めまして。守屋と申します」

疋田武蔵はびくびくと頭を下げる郁生を無視して、川崎に向かって顎をしゃくる。

「おい。美咲の写真を見せてやれ」

川崎はさっとスマホを取りだすと、郁生の側にやってきた。

見せられたのは、インスタグラムだ。おいしそうなパフェといっしょに映っているのが美咲という女の子らしい。二十代半ばくらいのいまどきの子で、金色に近い髪色とネイルの施された長い爪が特徴的だ。

「美咲はわしの孫娘だ。どう思う?」

凄むような眼差しで訊かれてしまったら、答えはひとつしかない。

「は、はい。とてもかわいらしい方だと思います」

汗をかきながら答えると、疋田は「ほほう。お前は見る目があるな」と満足そうな笑みを浮かべる——が、束の間だった。すぐに表情を険しくすると、郁生を見据える。

「わしはな、美咲を将吾に嫁がせようと思っておったのだ。裏の世界は持ちつ持たれつ。疋田金融にとってはもちろんのこと、刀瀬組にとっても悪い話ではなかろう。何より、美形と美女で似合いではないか。美咲も将吾が相手なら、子持ちでも構わんとその気になっておったのだ。ところが将吾のやつ、わしになんと言ったと思う?」

「さあ……」

疋田がピシャッと音を立てて扇子を閉じる。

「自分には勿体ない、縁談は辞退したい、の一点張りよ。わしが何度話を持ちかけても、頑として首を縦に振ろうとせん。美咲はその気になっておるのにと言ってやったら、初めて理由を明かしたわ。意中の相手がいるとな」

ギロッと目を剝いた疋田が、座敷机を迂回して郁生ににじり寄ってくる。

「将吾の言う意中の相手とは、すなわちお前のことだろう」

「……はい？」

刀瀬が見合い話を断ったまでは理解できたが、最後の一言が分からない。食い入るように疋田を見つめてから、慌てて両手を振る。

「誤解です。ぼくは男ですし、ただのコックです。将吾さんとは何もありません」

「ならばなぜ、将吾はお前の母親の借金を清算した。なぜお前を自宅に住まわせる」

「そ、それは、ぼくを家政夫がわりに使いたかったからじゃないでしょうか。食事の支度のできる人がいなくて困っていたそうです」

「家政夫がわりにだと？　たかだかその程度の存在に、八百万の金を投げだす男がどこにいる」

裏を読むような言い方をされても、実際そうなのだから説明のしようがない。

郁生が「ですが――」と言いかけるのを、疋田が扇子の縁で畳を叩いて封じる。

「将吾はお前の勤める店にも頻回に顔を出していたようだな。花束だの菓子だのを持って、お前に会いに行っていたと聞いているぞ」

「はい。確かにいただきました。けれどそれは、ぼくがトイプードルに似ているからです。将吾さんにはっきりそう言われましたから」

「トイ、プードル？」

疋田はトイプードルを知らなかったらしい。訝しげに目を眇める様子に気づいた川崎が、すかさず「犬の名前です」と補足する。

「犬……。犬だと？」

「はい。毛糸玉のような小型犬です」

川崎がスマホを持って疋田の側へ行く。

おそらくトイプードルの画像を見せたのだろう。疋田が束の間、天井を仰ぐ。

「美咲は犬に負けたのか……」

悔しさと苛立ちを滲ませた声音にぎょっとする。再び郁生をとらえた眼差しは、先ほどよりも険しさを増していた。

「美咲は将吾から、ただの一本の薔薇すら贈られたことなどないわっ」

「…………！」

まさに藪蛇だ。バンバンッと追い立てるように扇子を振るわれ、とても座っていられる状態ではなくなった。

「誤解です、誤解ですっ」と叫びながら、ほうほうのていで畳の上を逃げまわる。いったい何をどう説明すれば分かってもらえるのか。必死になって頭を巡らせていると、再び「お着きになりました」と女将の声がかかる。

（また誰か来るのか……！）

もしかしたら生きて帰れないかもしれない。反射的に座敷の隅に逃げ、体を縮める。

女将が襖を開けたとき、最初に見えたのは、番犬役の川崎を押しのけて座敷に踏み入ろうとする足だった。ダークカラーのスラックスを穿いていたので、まちがいなく男だろう。その足に蹴られた川崎が短く呻く。男は疋田以上に感情を昂ぶらせているようだ。とても足より上を見ることができず、畳にしがみつく。

目を瞑って震えていると、名前を呼ばれた。息せき切った声で「郁――」と。

「と……刀瀬さん……」

座敷に現れたのは、スーツ姿の刀瀬だった。

刀瀬はすぐに郁生のもとへやってくると、郁生を抱き起こす。

「待ってろ。ちゃんと連れて帰ってやるからな」

疋田にも川崎にも聞こえない声で素早くささやかれ、どっと涙が溢れた。

（うれしい……刀瀬さん、助けにきてくれたんだ……）

恐怖と戸惑いが薄くなり、かわりに安堵が広がる。けれど涙がなかなか止まらず、こくこくとうなずくのが精いっぱいだ。刀瀬は応えるように郁生の頭をひと撫でずると、疋田の前に歩みでて、膝をたたむ。

「ご無沙汰しています。遅くなってしまい、申し訳ございません」

「構わん。急に呼びつけたのはわしだからな」

疋田はやれやれと言わんばかりに息をつくと、扇子を片手に上座の席に座り直した。

「いま、この守屋とかいう男にお前の心中を尋ねておったのだ。お前はこの者に惚れておるから、美咲との縁談を断ったのか？」

疋田の問いかけで、刀瀬は郁生がさらわれた理由を察したのだろう。かすかに眉をひそめると、静かに頭を下げる。

「勘弁してください。この人は堅気です。俺のことで迷惑をかけるわけにはいきません」

「はぐらかすな。わしはこいつなのか、こいつでないのかを訊いておる」

「一言ではお答えできません」

「いいだろう。しかと聞いてやる」

刀瀬はどことなくうんざりしたような表情を見せてから、ゆっくりと居住まいを正す。

「この人がいるから縁談を辞退したのかと問われるのなら、答えはノー。何度もお話ししたとおり、美咲さんは俺には勿体ない人です。俺に決めた相手がいようがいまいが、その答えは変わりません。ただ、この人に惚れているのかと問われるのなら、答えはイエス。息子と同じくらい、大事に想っている人です」

刀瀬の返答におどろき、あれほど止まらなかった涙が引っ込んでしまった。

慌てて目許を拭い、刀瀬の横顔を見つめる。郁生と同じく疋田もおどろいたにちがいない。さっと表情を強張らせたかと思うと、勢いよく立ちあがる。

「なぜだ。こいつは男だろう。おまけに頭はもじゃもじゃ、顔はのっぺり、銀幕のスターには程遠い容姿ではないか。美形のビの字も、眉目秀麗のビの字も見当たらん。この程度の器量の男なら、そこらにいくらでもいるぞ」

初対面の人間にここまでこき下ろされたのは初めてだ。唖然として疋田を見ていると、刀瀬がさらりと返す。

「俺にとってはかわいい人ですけどね」

ええっ、と胸の内側で声を上げてから、再び刀瀬を見る。

刀瀬は疋田の発言が相当気に障ったようだ。どこからどう見ても怒っている顔つきで、挑むような眼差しを疋田に向けている。

「この人は複雑な家庭環境で育ったんです。だからって腐ったところもなければ、ひねくれたところもない。俺やうちの若いやつのためにうまいメシを作ってくれる。真面目な努力家で、日向に咲くたんぽぽのような人なんです。馬鹿にされる謂れはありません」

はっきりと言い切られ、胸がじんと熱くなった。

平凡で冴えない容姿を疋田に貶められたことなど、どうでもいい。刀瀬がたったいま、郁生の人生――ひたむきにこつこつと生きてきた二十四年間に光を当ててくれた。刀瀬の言葉ひとつひとつが胸に満ち、引っ込んでいたはずの涙が再び滲んでくる。

一方、疋田のほうは納得がいかなかったらしい。「いや、しかし――」と言いかける。それを強い声音で封じたのは、やはり刀瀬だった。

「疋田さん。見合いの話はこれきりでお願いします。俺にとって特別なのはこの人だけで、この人以外はどんな美女だろうが美形だろうがすべて同列です。俺は惚れてもいない相手と添う気はありません」

極道らしい有無（うむ）を言わさぬ口調だった。

逡巡（しゅんじゅん）する素振りをいっさい見せない刀瀬に、さすがの疋田もこれ以上は何も言えないと察したのだろう。がっくりと肩を落とすと、よろつきながらその場にへたり込む。「そうか、美咲ではだめなのか……」と弱々しい声で呟くのが聞こえた。

「仕事を抜けてきたのでこれで失礼します」

刀瀬は最後に頭を下げると、立ちあがる。

「――待たせたな、郁。帰るぞ」

はい、と返事をしようにも、胸がいっぱいで声が出なかった。いつの間にか腰も抜けていたようで、立ちあがることもままならない。達磨（だるま）のように畳に転げてしまった郁生を見て、刀瀬が初めて表情をやわらげる。

「しようがねえな。ほら、摑まれ」

しゃがんだ刀瀬が郁生の腕をとり、自分の首根に巻きつける。

まるでヒーローだ。たまらず笑みを広げ、これ幸いとばかりにぎゅっとしがみつく。

よっ、というかけ声とともに郁生を抱きあげる刀瀬を、疋田が力のない眸(ひとみ)で見ていた。


「あんの、クソジジィ。こっちが下手(したて)に出てりゃ、好き放題言いやがって――」

苛ついた様子で煙草のフィルターを噛みしめる横顔を、どきどきしながら窺う。

刀瀬の運転する車に乗ったのは初めてだ。助手席には郁生。若衆は誰も乗っていない。

「以前から孫娘と結婚しろってしつこく言われてたんだよ。年寄りはどうしてああも察する能力に欠けてんだろな。好みじゃねえってはっきり言わなきゃ分かんねえのか、ったく」

刀瀬は短くなった煙草を捩(ねじ)り消すと、すぐに次の煙草を口に持っていく。

「そうだ、桜太朗なら無事に帰ってるから安心しろ。お前、抗争がどうのって電話でヤスに言ったらしいな。いまどき抗争なんてねえよ。けどまあ、避難させてくれて助かったよ。桜太朗に見合いの話なんか聞かせたくねえし。ああだけど――」

刀瀬がぼやきながら煙草の煙を吐く。

「あのジジィはああ見えて、ここら一帯のフィクサーなんだ。うまく付き合いたかったんだが、ま、しょうがねえか」

もともと刀瀬は寡黙なタイプではない。が、今日はやけに饒舌だ。

もしかして郁生に核心をつかれるのを避けようとしているのだろうか。そんなふうに思うと、ますます胸の音が速くなる。

――この人に惚れているのかと問われるのなら、答えはイエス。

――息子と同じくらい、大事に想っている人です。

疋田の前で確かに刀瀬は言った。

本当ですか？　と早く確かめたい。けれどもう少し、跳ね躍る鼓動を味わっていたい気もする。

「悪かったな。俺のせいでとんでもない目に遭わせちまって。今度から出かけるときは誰でもいい、うちの若いやつを連れていけ。そのほうが俺も安心する」

赤信号に引っかかった。

刀瀬は黙りこくっている郁生にやっと気づいたらしい。初めて助手席に顔を向ける。

「おい。何、置物ぶってんだ。うんとかすんとか言えよ」

「……だって、どきどきします」

水を向けたつもりが、あっさり「なんで」と返された。

郁生に言わせるのはずるいのではないだろうか。だからといって、別に、とは応えたくない。

きっと刀瀬は平生どおりの態度を貫こうとしているだけで、心のなかでは郁生と同じくらい、どきどきしているはずだ。

小さく唾を飲んでから、ちらりと刀瀬に視線を向ける。

「どうした。顔が赤いぞ」

「赤くなるようなことを言われたんで」

「いつ」

「ずるい。ほんと、ずるい。覚えてるくせに……！」

やはり刀瀬も意識していたのだ。「ああもう――」と髪をかきむしると、倒れるようにしてシートに背中を預ける。

「しようがねえだろ。惚れちまったんだから」

一応「誰に？」と訊いてみる。

「ああ？　いちいち言わせせんじゃねえ。お前しかいねえだろが」

うれしい。聞きたい言葉をもう一度聞くことができた。

信号が青に変わる。おそらく刀瀬は、ふふっと笑んだ郁生に気づいていない。鼻息なのかため息なのか分からない息を吐き、アクセルを踏む。

「お前の働く店に通ってた頃は、かわいいツラしたコックだな、くらいにしか思ってなかったんだよ。ただ、会社じゃなくて組の名刺を渡したのはわざとだ。まずは堅気じゃねえってのを知ってもらわなきゃどうにもならねえ。そんなふうに思うこと自体、お前のことが気になってしようがなかったんだろうな」

代紋入りの名刺にはそういう思いが込められていたのか。自分を偽ろうとしないところが刀瀬らしい。「名前もな、本当は覚えてたんだよ」と刀瀬が打ち明ける。

「本気で惚れたのは、お前がうちに住むようになってからだ。結構強引なやり方で生活を変えさせたのに、お前は嫌な顔もしねえで、早起きしてメシの支度をしてさ。そういうのはぐっと来るよ。それにこっちはお前のせいで変なスイッチが入ってたしな」

「変なスイッチ?」

「コックの仕事を愛人業だと勘ちがいしたじゃねえか。あのときに、抱いていいなら喜んで抱くけどなって素で思っちまったんだよ。お前、ああいう発言は本当に気をつけろ。言われたほうもあれこれ考えちまうからな」

そういう男心はまったく想像していなかった。思わず「ええっ」と声が出る。

「だけどまあ、同じ男だし、こっちも子持ちだしとか思ってたら、お前、媚薬キャンディーを食っただろ?　俺の前であれほどかわいい姿をさらしてどうする。ああいうときはな、手近な男じゃねえ、自分が少しでもいいなって思ってる男を連れ込むもんなんだ」

不服そうにため息をつく横顔を、信じられない思いで見つめる。

情けない姿をさらしたとばかりに思っていたが、刀瀬にとってはそうではなかったようだ。

どぎまぎしてしまい、頬も目許も熱くなる。

「びっくりしました。刀瀬さんはその、きれいな人が好きなんだろうなって思ってたので」

「きれいな人？　誰だそりゃ」

間髪(かんはつ)をいれずに返され、口ごもる。

言ってもいいだろうか。少し迷ってから、思いきって声にする。

「桜太朗くんのお母さんみたいな人ですよ。だって桜太朗くん、そういう顔立ちじゃないですか。桜太朗くんのお母さんとぼくは、全然顔のタイプがちがうと思います」

刀瀬は「あー……」と洩らすと、無言になった。

通りを進んで角を曲がり、また通りを進む。三つ目の信号に引っかかってから、ようやく口を開く。

「桜太朗の母親は俺の知らねえ女だよ」

「え……？」

意味が分からなかった。

しかし刀瀬はなかなか続きを話そうとしない。刀瀬の言葉を待っているうちに信号が青へと変わり、再び通りをしばらく進む。

「親友の子なんだ、桜太朗は。女に逃げられて、赤ん坊を抱えてわたわたしてるときに、くだらねえ喧嘩して死んじまった。馬鹿すぎて腹が立ったから、俺が引き取って育ててる」

「──────」

今度は郁生のほうが言葉をなくしてしまった。呆然と刀瀬の横顔を眸に映してから、慌てて繕い(つくろ)の言葉を探す。

「す、すみません。ふつうの親子に見えたから、そういうことは全然想像してなくて……」

「見えるか？　ふつうの親子に」

「見えますよ、全然見えます。だって桜太朗くん、パパっ子だし、刀瀬さんも桜太朗くんを大事にしてる感じがすごくするし、ぼくから見たら、めちゃくちゃ親子です」

焦(あせ)ったせいで日本語がおかしくなってしまったが、言いたいことは伝わったようだ。刀瀬が目許をほころばす。

「そうか。よかった。ま、桜太朗は何も知らねえんだけどな」

ほっとした様子でハンドルを握る刀瀬は、どこからどう見ても父親の顔をしている。

なんだか胸が熱くなった。刀瀬はやさしくて真面目な人──その印象にまちがいないと確信する。ほんの少し、かわいい心も持っている。郁生のためにチューリップの花束や、琥珀糖(こはくとう)のつめ合わせをチョイスするような。

──この人を好きになってよかった。

じんわりと胸に広がる喜びを、ひとり噛みしめる。

きっと刀瀬は郁生がたくさんのことに戸惑っていると勘ちがいしたのだろう。苦笑まじりの顔を向けてきたかと思うと、いつもの調子で郁生の頭をぽふぽふする。

「そう深刻になるな。あのジジィが余計なことを訊かなきゃ、こっちもこんな話をするつもりはなかったんだ。惚れてるのは本当でも、てめえをどうこうしようとか考えてねえよ。いつもどおりに接してくれ」

「えっ、何もしてくれないんですか？　ぼくじゃあ、やっぱり色気不足ってこと？」

思わず訊いてから、はっとする。

刀瀬の想いを味わうばかりしていたので、自分の想いをまだ伝えていなかった。だがうっかり洩らした問いかけのせいで、刀瀬は違和感に気づいたらしい。赤信号で停まったタイミングでわざわざ体を捻じ曲げ、郁生を見る。

「いま、なんつった？　手ぇ出して構わねえなら、手ぇ出すぞ。色気は十分足りてる」

「………」

「こら。真っ赤な顔してうつむくのはやめろ」

──たぶん、十五秒後には生まれて初めての恋が成就する。

息を吸って、吐き、また吸ってから、刀瀬のほうに顔を向ける。

「ぼくも好きです、刀瀬さんのこと。やさしくて真面目で、桜太朗くんのことをとても大事にしてるから、好きになりました」

刀瀬があからさまに目を瞠る。それからじょじょに切れ長の眸がやさしくなって、男らしい顔立ちに甘さがまじる。

刀瀬は、郁生のいちばん好きな表情で「おおー」と笑ってくれた。

「本当はな、もっとこう、時間をかけて口説(くど)くつもりだったんだよ」

言いながら、刀瀬が郁生の耳たぶを食(は)んでくる。

深夜十一時。郁生の離れの部屋だ。

――今晩、部屋に行ってもいいか？

車を降りるときに刀瀬にささやかれ、かれこれ十時間近く。桜太朗が完全に眠りに落ちるのを待って、刀瀬が離れにやってきた。ひとりで待っているときから、緊張のしすぎで失神するんじゃないだろうかと危惧(きぐ)していたのだが、いまのところ意識は保っている。

「のっけからトイプーに似てるだの、マグロでもおいしく食うだの、好きなことばっか言っちまったからなぁ。あそこから男前度を上げていくのはさすがに難しいだろ？」

一応気にしていたらしい。なんだかおかしくなって、ふふと笑う。

おかげで少し緊張がほぐれた。笑みの残った表情で、刀瀬の首筋に額を預ける。そのタイミングで布団に押し倒された。

だめだ、やっぱり緊張してしまう。――一瞬で強張った郁生の頬を見て、刀瀬は察したのだろう。くしゃっと髪をかきまぜてくる。

「そんな顔、すんなって。手ぇ出せなくなるだろ」

「だ、だって、どうしていいのか分かんない」

「あ？　お前がすることなんか何もねえだろが」

真顔で返した刀瀬が、郁生のTシャツをすぽんと脱がす。

ひやっとする部屋の空気と刀瀬の早業(はやわざ)におどろき、「うわっ」と声が出る。反射的に自分の胸元を両手で覆(おお)ったものの、あっさり刀瀬に万歳(ばんざい)の形をとらされた。「えっ、えっ」とうろたえているうちに、唇が降りてきて――。

「ぁ……」

ちろっと上唇を舐(な)められる。次に下唇をついばまれ、たまらず吐息を洩らした拍子(ひょうし)に、熱い舌が口のなかにもぐり込んでくる。

「うん……っ」

これがキスというやつなのか――。

媚薬キャンディーを食べて乱れたときは、体のいろいろなところに口づけされただけで、唇にはされていない。二十四年間生きてきて、初めてのキスだ。もっとこう、甘くて切ないものだと思っていたのだが、意外に苦しい。

「もしかしてキスも初めてなのか？」

ふいに刀瀬が顔を上げた。

「息は止めなくていいんだぞ。ふつうにしてろ、ふつうに」

刀瀬は言うだけ言うと、再び郁生の唇に唇を押し当ててくる。

そうか。息を止めていたから苦しかったのか。納得したものの、絡む舌を感じながら呼吸もするというのが難しい。結局、刀瀬の唇が離れてから「ふ、はあぁ」と肩で息をする。

たぶん笑われるだろうなと思っていたら、やはり笑われた。

「お前はかわいいな。どうして俺のものになったのか、不思議でしょうがねえ」

苦笑を浮かべた顔はすぐに郁生の目の前から消え、胸に埋まった。

ちゅっと音を立てて肌を吸われ、びくっと肩が跳ねあがる。胸の辺りには媚薬キャンディーを食べたときにも口づけされたので、一応経験済みだ。とはいえ、そう簡単に慣れる行為ではない。「あっ……」と声を上げたり、もじっと身を捩らせたりしながら、刀瀬の唇がさまようのを目で追いかける。

「どうした」

「あ、いや……次はどこに口づけられるのかなと思って。あんまり下のほうははずかしいじゃないですか」

「そうか？　知ってるけどな。お前がいちばん感じる場所」

ぎくっと鼓動が跳ねるのを感じたとき、パンツのウエストに手をかけられた。そのまま下着ごと脚から引き抜かれてしまい、「ぎゃっ」と悲鳴を上げる。

「だめです、だめだめだめっ。ぜーったいだめっ」

「なんで。脱がなきゃ何もできねえだろ」

言いながら刀瀬もジャージを脱ぎだしたので、もっとはずかしくなった。

郁生とはちがう、引き締まった男の裸だ。かあっと頬が熱くなり、どこを見ればいいのか分からない。迷った末に目を瞑ると、刀瀬に抱きしめられた。

「っ……ぁ」

もう布越しではない。肌と肌とが直(じか)に触れる感覚に、一気に緊張した。

ひたすら体を硬くしていると、さすがに刀瀬も困ったのか、こつんと額を触れさせてくる。

「なあ。本気でだめなわけじゃねえんだろ？　何もしてくれないんですかとか訊いておいて、そりゃねえぞ」

「だ、だめじゃない……けど、とにかくはずかしくて」

「二人っきりで何がはずかしいんだよ。お前の裸、きれいだったけどな」

きれいという言葉にどきっとし、思わず刀瀬を見る。

視線が重なると、刀瀬が目許をほころばせた。軽く郁生の眉間(みけん)に口づけてから、髪の生(は)え際を繰り返し撫でてくる。なんだかんだ言いつつも、強引に抱くつもりはないらしい。郁生の緊張がほどけるのを待とうとしている刀瀬を知り、ますます好きになる。

そう。単にはずかしいだけで、刀瀬と触れ合うことに抵抗があるわけではないのだ。

小さく唾を飲み、おずおずと刀瀬の体を抱き寄せる。

唇と唇の先が触れた。それから、吐息と吐息。もっと近くでもいい。勇気を出して、刀瀬の唇をついばんでみる。

「っぁ……」

下肢に大人の男の昂ぶりを感じた。

反射的に逃げを打つと、刀瀬が郁生を覗き込んできて、「嫌か?」と訊く。

「だ、大丈夫です。……ちょっとびっくりしただけで」

刀瀬はほっとしたように笑むと、あらためて体を倒してきた。

「はぁ……あ」

体の真ん中で、互いのペニスが触れ合う。

また萌しかけの郁生とはちがい、刀瀬のものはすでに臨戦態勢だ。亀頭は雄々しく張っているし、幹は熱いだけでなく、ぎちぎちに凝ってもいる。そんな興奮の証をぐりぐりと股間に押しつけられ、あっという間に郁生のものも張りつめていく。

「待っ……ど、どうして、こんなに——」

「どうしてだと? 勃つに決まってんだろ。てめえはかわいくてたまらねえ」

奪うように口づけされ、喘ぐ吐息が刀瀬の口のなかで溶ける。

「っん……かわいいって……ぼくにそんなこと思うのって、刀瀬さんくらいです」

「ああ？　何言ってんだ。てめえは純朴でかわいすぎるから、そこらの男は怯んじまって、ちょっかいを出せねえんだよ」

　そんなはずがないことは、この容姿で二十四年間生きてきた郁生がいちばんよく知っている。男性どころか女性にも言い寄られたことがないのだ。けれど刀瀬は自分の出した答えをまったく疑っていないらしい。愛おしげに郁生の頭を抱いたかと思うと、もう一方の手で、下肢の狭間で喘ぐ二本の男根をひとつに束ねる。

「はぁ……っん、う」

「キャンディー食って俺に縋ってきたときも、本当は抱きたくて抱きたくてたまらなかったんだ。俺がどんなに自分を抑えてきたか、今夜はちゃんとてめえに教えてやる――」

「ああっん、あ……っ、あ」

　二本の欲の根をまとめて扱く武骨な手に、耐えきれずに背中をしならせる。猛った男根をどうだと言わんばかりに擦りつけられ、目の奥でいくつも光が瞬いた。郁生の生白いペニスではとても太刀打ちできない。刀瀬の激情に引きずられるようにして郁生のペニスも硬度を増し、ぬるついた先走りを滲ませる。

「やあ、あっ……だめ、もう――」

　こんなにされたらすぐに達してしまう。かぶりを振って訴えるのに、刀瀬は愛撫の手を止めてくれない。一滴も残さず搾りとるような手つきで扱かれ、「ああっ」と喉を見せながら精液を散らす。少し遅れて刀瀬も達したのだろう。股座が熱い滴りで濡れていく感覚に、ぶるっと肌が震えた。

「はぁ……ぁ……ふぅ」

荒い息をつきながら余韻に浸っていると、刀瀬が覆い被さってきた。

最初に交わした口づけよりもずっと甘く感じるのはなぜだろう。口腔内を貪るように動く刀瀬の舌を、待って待ってと追いかける。すぐに舌と舌とが絡み合い、達した余韻が一段と濃くなっていく。

「上手に息ができるようになったな」

唇を離した刀瀬が、郁生の髪をひと撫でする。照れくさくて笑んだとき、ころんと体を横向きにされた。

「え、えっ……待って」

「悪いな。もう待てねぇ」

あっさり言った刀瀬が郁生の片方の膝裏を押しあげ、尻の狭間をさらしてくる。

いくらなんでもこの格好ははずかしすぎる。もがいてみたものの、膝裏をとらえられてしまっては、もう仰向けには戻れない。「だめだめだめーっ」という郁生の喚きなどまったく聞こえていないふりで、刀瀬が尻のたわみを押し開く。

「お前のここだけは、あの夜に見てねえんだよ。恋人じゃねえ男が見るのはさすがにまずいだろ？」

「みみ、見なくていいですっ……恋人でもだめな場所っ」

「好きなだけ言ってろ」

今度は本当に待つつもりはないらしい。尻の間に顔を埋められ、「ぎゃああっ」と叫ぶ。

「お前、惚れた男に『ぎゃああっ』ってどうなんだ」

呆れるように笑った吐息が、後孔(こうこう)の襞(ひだ)に触れるのが信じられない。自分の顔にぐっと両手を押しつけて、できるだけ『無』になろうと縮こまる。

ちろっ、と何かが触れた。思わず息をつめる。

微動だにせずにいると、また——。

舌だ、舌。確信すると、全身から火を噴きそうになった。

「やだやだやだ、そこ、舐めないで……っ」

「どうして。桃色の蕾(つぼみ)がひくひくしててかわいいぞ。お前はかわいいところだらけだな」

「も、も……何言っ——」

うろたえたのも束の間、ちゅっと音を立てて襞に吸いつかれ、ぶわっと肌が粟立(あわだ)った。

どう身を捩らせようとも刀瀬の唇は執拗(しつよう)で、小さな孔(あな)から離れようとしない。もしかして本当に郁生のここがかわいいと思っているのだろうか。

恐る恐る、首を捻じ曲げて後ろを見る。

（うっ……）

やはりそうだ。はじらいと不安で怯える窄まりを、刀瀬が丁寧に舌で舐め溶かしている。

じっと見ているうちに、なんだか言葉にできない想いがこみ上げてきた。こういうのを、そのままの自分を丸ごと受け止めてもらえる幸せ、というのかもしれない。

ごくっと唾を飲み、刀瀬が舐めやすいように自分で膝裏を持ちあげる。

刀瀬はすぐに気づいたらしい。郁生の想いに応えるように、後孔だけでなく会陰の辺りにまで舌を這わせてくる。熱く濡れた舌の感触に、「ああ……」と喘ぎが洩れた。秘部を中心に行き来する舌はどこまでも丹念で、次第に快感が嵩を増していく。

一際甘い声を上げたとき、くぷっと指を埋められた。

「ひゃっ」

舞い戻りかけた羞恥心を、やさしく内襞を探る指先が遠のかす。

郁生のここが欲しくて、刀瀬は慎重にほぐそうとしている。――そんなふうに思うと、体だけでなく心も溶け落ちそうになった。ときどき唾液を足す唇に襞をくすぐられ、快感のさざ波が四肢に走る。

「あん……は……あ、あ……」

これほど大事に扱われて、感じないはずがない。きっと郁生のペニスはあられもなく反り返り、先走りの蜜を溢れさせているだろう。もう刀瀬に知られてしまっても構わない。うれしくて幸せだと喜んでいる証だ。

「どうした。ずいぶん大人しくなったな」

「だって……すごく気持ちいい」

素直に言葉にすると、刀瀬もうれしかったのかもしれない。笑う吐息が口づけとなり、尻の膨らみに落とされる。

「そろそろ挿れるぞ」

体を起こした刀瀬に四つ這いにさせられた。

「えっ、後ろから?」

「最初はバックのほうが楽なんだよ」

「………!」

知らなかった。四つ這いだと、繋がる箇所が丸見えだ。

刀瀬の視界を想像し、駆け足で羞恥心が戻ってくる。とはいえ、だめだめと散々騒いだあとなので、これ以上のわがままは言いたくない。ぎゅっと唇を噛みしめる。

「こら。がちがちになるな」

「あの……前からじゃ、だめなんですか?」

「分かってるよ。はずかしいんだろ? 最初だけだ。少し辛抱しろ」

言いながら、刀瀬が漲りを郁生の尻の狭間に押し当ててくる。

滴るほどに滲んだ雄の露を塗りつけられ、ぞくぞくと肌が粟立った。色気なんてどこにも見当たらない自分が、刀瀬を欲情させている。教えられた事実にまぶたが火照り、喘ぎまじりの吐息を洩らす。

その拍子にぐっと腰を進められた。

「あぁあっ……！」

「大丈夫だ。ちゃんと息をしろ」

「んぅっ、ん……っ」

指とはまったく比べものにならない。隘路を割り進もうとする熱根の重量に、頭のなかでぐちゃぐちゃと渦を巻いていたものがすべて持っていかれてしまった。

苦しい。けれど、最後までしたい。刀瀬にちゃんと抱かれたい。

「待っ……待たなくていいから、もっと……ぐっとして」

「馬鹿。お前が焦ってどうする。いいから力を抜け」

まわり込んだ手に、あやすように性器を撫でられた。覚えのある快感が下肢に広がり、ふっと力が抜ける。タイミングを逃さず刀瀬が腰を打ちつけてきて、漲りが埋まった。

「はう、ぅ」

「入ったぞ。根元まで」

ほっとしたせいで、自然と涙が浮かぶ。

後孔はめいっぱい広がり、隙間なく刀瀬を包んでいる。熱さも硬さも桁（けた）ちがいのそれが、ゆっくりと抜き差しを始める。

「ぁあ……はっ……ん」

目の際に一筋の汗が伝った。苦しさのなかにも心地好さがあり、次第に心地好さばかりが大きくなっていく。媚肉（びにく）を擦る雄は、獰猛（どうもう）や凶暴という言葉が相応（ふさわ）しいほど張りつめているのに、刀瀬はひとりよがりな快楽を追うことはしなかった。郁生の強張りがちな体をほぐそうと、何度も尻や屹立（きつりつ）を撫でてくる手に、心がやさしいもので満たされる。

「どうだ。まだしんどいか?」

「ん……平気、かも」

答えると、楔（くさび）を抜くことなく体を表に返された。

やはりこの体位のほうがいい。刀瀬が目の前にいるのがうれしくて、たまらずぎゅっとしがみつく。吸い寄せられるようにして唇を重ねると、涙の粒がふっと浮かんだ。すぐに刀瀬が気がついて、郁生の前髪をかき上げる。

「どうして泣く。つらいのか?」

「ちが……なんか、胸がいっぱいで……」

恋なんて自分には無縁だと思っていた。誰かの心の真ん中を陣取（じんど）るなんて、ぜったいにあり

えないとも思っていた。

　それなのに――。

　初めて好きになった人の心の真ん中に、自分がいる。

　今日よりも前のたくさんの自分に大声で伝えたい。うつむかずに歩いていれば、きっといいことがあるよ。神さまは大地の隅っこに生えた草にもちゃんと光を当ててくれて、花を咲かせてくれるんだ、と。

「大好きだなと思って……刀瀬さんのこと。だからすごくうれしくて……」

「郁――」

　覆い被さるようにして唇を奪われ、舌の根を掬われた。

　同時に熱根も郁生のいっそう深い場所に埋まり、艶っぽい音を立てる。求めてやまない腰つきで奥の奥を抉られ、濃厚な快感が肌に降り立った。思わず仰け反りそうになったのをこらえ、必死になって刀瀬にしがみつく。

　恋人同士になれた二人だけが泳げる快楽の海だ。甘くてとろりとしていて、水面も水底も目映い光で満ちている。

「うあ……んっ、はぁ、あ……」

「大事にする。ずっとだ、郁。俺の側にいろ――」

　強くかき抱かれ、刀瀬の下腹に押しつけられた屹立が情液を噴きこぼす。

「はぁあ……っ、ふ……」

ほぼ同時に、体の奥に奔流(ほんりゅう)を感じた。内襞にぶつけられた情液の熱さに、肌がわななく。

何度も名前を呼ぶ声と、繰り返し与えられる口づけが愛おしい。

ちゃんと応えたいのに、思考が白くかすんでいく。それでもきっと、うっとりと微笑んでいるだろう。今夜はとても幸せな夜だから。

＊＊＊

六月に入ると、いよいよ夏めいてきた。

今年の梅雨(つゆ)入りはまだらしく、ここのところ、晴天が続いている。朝食の支度を終えたあとにコックコートを洗濯しても、夕食の支度をする頃にはちゃんと乾いているので、やはり空は晴れているほうがいい。

陽射しの下で伸びをしてから、物干し竿(ざお)にぶら下げていたコックコートを取り込む。ついでに他の洗濯物も取り込んでいると、車のエンジン音がした。

（うん？　刀瀬(とうせ)さんかな？）

刀瀬家に車は複数台あるものの、ここで暮らしているうちに、刀瀬が運転する車とそれ以外の車の音を聞き分けられるようになった。刀瀬はブレーキを踏むタイミングが遅い上に、ぐっと強く踏み込むので、停車するときにタイヤが軋んだ音を放つのだ。

もしかして……と思ったとおり、スーツ姿の刀瀬が離れにやってくる。

「どうしたんですか？　今日は早いですね」

「仕事を抜けてきたんだ。今日はお前の給料日だろ。悪いな、うっかりしてた」

「なんだ、そういうことですか。別に夜でもよかったのに」

郁生は刀瀬から手渡しで給料を受けとっている。出勤前に渡すつもりが忘れていて、わざわざ届けに来てくれたということらしい。

「いつもお疲れさん。今日の朝メシも昨日のメシもその前のメシもうまかった」

「とんでもない。こちらこそお世話になってます」

刀瀬は雇い主の顔で給料袋を差しだし、郁生はお抱えコックの顔で両手で受けとる。そのあと、顔を見合わせて笑った。

「刀瀬さん、ちょっと待っててください。すぐですから」

郁生は縁側から六畳間に駆け込むと、机から『郁ちゃんへ』と丸文字で宛名の書かれている封筒を取りだした。

中身は現金五万円。借金の返済にあててほしいと、母が先日、刀瀬家に届けにきたのだ。

母は郁生が刀瀬組にとらわれてしまったと思い込んでいて、とにかく刀瀬にお金を返そうと、必死になってパートをしているらしい。「今度は母さんが郁ちゃんを助けるからね」と涙なが

らに手を握られ、おどろいた。けれど誤解させたままのほうが母のためにいい気がしたので、

「待ってるよ、母さん……」と悲壮そうな顔つきで応えておいた。

（きっともう、借金には懲りただろうな）

くすっと笑ってから、新しい封筒を取りだし、『六月分』と表書きをする。その封筒へ、給料袋から抜き取った二十万円と母からの五万円を重ねて入れる。

「すみません、お待たせしました」

刀瀬は縁側に腰をかけていた。その側で膝をたたみ、封筒を両手で差しだす。

「今月の返済分です。母が持ってきたお金も入ってます」

「あー……」

と、刀瀬が顔をしかめる。

「お前の母親の分だけでいいや。あとは貯めておけよ。店、出したいって言ってたじゃねえか。てめえに返済させるのはやっぱりおかしいだろ」

「おかしくないですよ。ぼくがかわりに払いますって最初に言いましたし、お給料だってかなりの額をいただいてますから、刀瀬さんにきちんと返済しないとばちが当たります」

「当たんねえよ。肩代わりした本人がいいっつってんだから」

「だめです、だめだめ。お金のことはちゃんとしないと」

無理やり刀瀬の手に封筒を握らせると、刀瀬はひとしきり唸ったあと、渋々といったていで

ジャケットの内ポケットに封筒をしまう。

「お前は真面目だなぁ。ま、そういうところに惚れたんだが」

ため息をつきながら刀瀬が郁生を抱き寄せてきたので、正座が崩れてしまった。

スーツの胸に額がぶつかる。咄嗟に見上げると、刀瀬が素早く辺りに視線を走らせるのが見えた。あっと思ったときには唇が降りてきて、上唇をついばまれる。

内緒のキスだ。郁生も辺りに誰もいないことを確かめてから、刀瀬の唇にちゅっと吸いつく。

「おっ」と刀瀬が眦をほころばせ、また郁生に口づけてくる。

やくざの若頭とお抱えコックだというのに、なんだか仲よしの鳥同士がじゃれ合っているようだ。おかしくなって肩を揺らすと、刀瀬も笑う。

ああ、すごく幸せだなぁ……。

もしかしたらいま、刀瀬も同じことを思っているかもしれない。郁生を見つめる眼差しがやさしくて、頬がくすぐったくなる。とっくにたんぽぽの季節は終わってしまったが、刀瀬の側にいると、郁生の胸にはいつも春の花が咲く。

恋の花、育てます

ごま油を引いたフライパンに、六等分した厚揚げを入れていく。ジュッと響く油の弾ける音に、郁生はたまらず笑みを広げた。たった一枚の厚揚げを刀瀬のために焼く。なんて幸せなんだろう。

今日は『恋人の日』。郁生が勝手にそう名づけている火曜日だ。

水曜日、すなわち明日は郁生の休日なので、刀瀬は桜太朗を寝かしつけると、離れに来てくれる。刀瀬と付き合うようになってから一ヵ月と少し。父親でもある刀瀬と二人きりで外でデートをすることは難しいので、火曜日の夜にここで過ごすことが自然と定番になった。

柱にかけた時計は二十三時をさそうとしている。たぶんそろそろだろうなと思いつつ、醤油とみりんで厚揚げを照り焼きにしていると、縁側のガラス戸を確かな強さで三度叩く音がした。刀瀬だと確信し、全身がくすぐったくなっていく。

なぜ三度叩くのかというと、お、れ、だ、という意味らしい。玄関から入ってくればいいのにと最初のうちこそ思っていたものの、いまではこの秘密の合図がうれしかったりする。小走りになって広縁に向かうと、思ったとおり、ガラス戸を隔てた縁側に刀瀬の姿があった。

「待たせたな、郁」

「はい。待ってました」

恋人の日の始まりだ。笑みを交わしてから、刀瀬を座敷に招き入れる。

母屋は目と鼻の先にあるのだが、刀瀬にとってこの離れは、郁生の『家』らしい。だからなのか、刀瀬が手ぶらで訪れることはまずない。今夜も「こういうのは好きか？」と郁生に訊きながら、紙袋を差しだしてくる。

「あ、かわいい。好きです、好き」

夏らしい、色とりどりのラムネ菓子のつめ合わせだ。それぞれレトロな小箱に収まっている。

「いつもありがとうございます。どうぞ寛いでてくださいね。いま、ビールを持ってきますから」

「そう気張らなくていいぞ。俺はてめえと過ごせるだけで十分なんだ」

「とか言って、麦茶って気分じゃないでしょ？」

「まあな」

笑う声を聞きながら台所に向かうと、ちょうど厚揚げがいい感じに焼けていた。梅肉とわさびを添えて皿に盛りつけ、冷えたビールとグラスとともに座敷に運ぶ。

「おっ、うまそうな匂いがしてるなと思ったら、これだったのか」

「厚揚げは生姜醤油が定番かなって思うんですけど、こっちもお勧めなんで試してみてください。他にもありますから、おつまみ」

今夜はアジのなめろうと、素揚げにした茄子とししとうをポン酢で和えたもの、トマトと魚介のマリネ、きゅうりの中華風浅漬けを用意している。それらを座敷机に並べていくと、刀瀬が目を丸くした。

「おいおい、今夜もえらい豪華じゃねえか。まるで小料理屋だな」

「そうですか？　これでも自制したほうなんですけど」

火曜日の夜は、刀瀬を待つ間にあれこれ酒の肴を作るのが郁生の楽しみになっている。刀瀬は何を出しても喜んで食べてくれるので、作り甲斐があるのだ。真横に座ってビールをついでやると、刀瀬はさっそく厚揚げに箸を伸ばす。

「うまいな。梅肉とわさび、どっちでも合うぞ」

「よかった。ぼくもこれ、大好きなんです」

言いながら、郁生も厚揚げをぱくっと頬張る。

うん、おいしい。頬がほころんだのと同時に、心もほころんだ。

刀瀬はビールを飲みながら、他の肴にも箸を伸ばしている。「茄子はやっぱり素揚げが最高だな」とか「このきゅうりは箸が止まらねえ」とか、郁生の作ったものを口にするたびに相好を崩してくれるのがうれしい。大好きな人に喜んでもらえると、作り慣れた味でも数倍おいしく感じられるのが不思議だ。だから郁生もついついビール片手に箸を伸ばし、夜更けだというのにあれこれ食べてしまう。

「来週は何作ろっかなぁ」

思わず呟くと、刀瀬が「ああ――」と決まり悪げな顔をする。

「悪い。来週は来れねえんだ」

「え、そうなんですか？」

「夏祭りの準備があってな。しばらくばたばたしそうなんだ」

郁生は刀瀬家で迎える初めての夏なので知らなかったが、近所の公園で八月の第一日曜日、夏祭りが開催されるらしい。もう何十年も——それこそ、刀瀬が子どもの頃から続いている夏祭りのようで、祭り好きの刀瀬は毎年実行委員を担っているのだとか。

「へえ、楽しそうですね。夜店とかもあるんですか？」

「あるぞ。刀瀬組の地元の祭りだからな。くそみてえな露天商は呼ばねえ。安心安全、子どもでも楽しめる店ばっかりだ」

まさかやくざの若頭の口から、安心安全という言葉を聞くことになろうとは。恋人の日が一週飛んでしまうのはさびしいが、刀瀬が張り切っているのなら応援したい。ふふっと笑んでいると、刀瀬が郁生のグラスが空になっていることに気づいたようだ。当たり前のように缶ビールをそそがれそうになり、慌ててグラスの口を両手で塞ぐ。

「ぼくはもういいです。一杯飲んじゃったし」

「んだよ。毎週つれねえな。三杯でも四杯でも飲めばいいじゃねえか。別に飲めねえわけじゃねえんだろ？」

「いいえ、飲めないんです、弱いんです」

と、自分のグラスを遠ざけ、かわりに刀瀬のグラスにビールをそそぐ。

おそらく、あと二、三杯程度なら飲めるだろう。だが世間には酒に酔い、あられもない姿をさらしてしまう人もいる。自分がもしそうなったら……と思うと、初めて好きになった人の前で一杯以上飲む勇気が出なかった。

「いっぺんお前が酔ってるところを見てみたいんだがなぁ。いつもの優等生ぶりが一皮剝(む)けてかわいくなるんじゃねえのか、うん？」

「変な妄想はしないでください。素面(しらふ)じゃ物足りないみたいに聞こえます」

「んなことは言ってねえよ。俺ばっか飲んでたら、てめえがつまんねえんじゃねえのかなって思っただけだ」

「つまんないわけがないじゃないですか。ぼくはこうやって刀瀬さんといっしょに過ごしたいから、せっせとおつまみを作って待ってるんです」

ふくれっ面(つら)できゅうりの浅漬けに箸を伸ばしていると、力強い手で腰を抱き寄せられた。揃えていた膝が崩れ、ことんと刀瀬の胸に後頭部をぶつける形になる。

「てめえ、かわいいこと言うじゃねえか。俺と過ごすのは楽しいか」

どうして二度も言わせようとするのだろう。あらためて訊かれるとなんだかはずかしくなり、答えることに躊躇(ちゅうちょ)してしまう。頬を染めて口を噤(つぐ)んでいると、唇が降りてきた。

ちゅっと軽く、こめかみをくすぐられる。同時にさりげなく太腿(ふともも)の辺りを撫でられた。気づかないふりをしていると刀瀬の手はすぐに大胆になり、閉じた腿の間にもぐり込んでくる。

こういうとき、どうすればいいのかいまだによく分からない。だめではないのでだめだと言いたくないのだが、布越しとはいえ、男子の証を撫でさすられてしまうと、やはり身を捩らせながら「だ、だめ、です……」と声が出てしまう。

「何がだめなんだ。俺をその気にさせたのはお前のほうだろが」

「だって……まだ飲んでる最中じゃないですか」

「だからだろ。極上の肴があるのに出し惜しみをしてどうする。俺につまんでもらいたくねえのか？」

勝手なことを言いながら、刀瀬が郁生の半パンをずり下げる。

あっさりペニスを取りだされてしまい、一瞬で頬が赤らんだ。先ほどの「だめです」という言葉はまったくもって本気ではなかったのだと、刀瀬も分かったにちがいない。すでに凝り始めているペニスが刀瀬の目の前で躍る。

「と、刀瀬さんが、もみもみしたりするからです」

からかわれる前に言い訳すると、刀瀬がはっと笑った。

「そうか。この桃色のやつは、揉んでやると食い頃になるんだな。だったらもっといい味にしてやんねえとな」

「う……」

いやらしい笑みを浮かべた刀瀬が、剝きだしの肉芯を扱き始める。

たまらず仰け反ると、今度はこめかみではなく唇に口づけられた。刀瀬の舌は情熱的で、郁生の舌を根元から掬っては強く吸いあげてくる。甘く広がる疼痛に目許がじんと火照り、下肢の狭間も同じように熱くなっていく。息継ぎの合間に薄目を開けて下方を見ると、すっかり上向いた肉芯が、刀瀬の手のなかであっぷあっぷと蜜口をひくつかせていた。

「ったく。たまんねえな。もう濡らしてんのか」

ごくりと喉を鳴らした刀瀬が郁生を畳の上に押し倒し、半パンも下着も剝ぎとる。

「あぁ……っ」

反射的に声を上げてしまったが、実はなし崩し的に事に及ばれるほうが安心できるし、好きだったりもする。郁生のスキルでは刀瀬を部屋に招き入れるのがせいぜいで、どうやっても布団へは誘えない。恋人の日だというのにビールを飲むだけで終わってしまったら、今日の自分は魅力不足だったのだろうかと、あれこれ考えて落ち込んでしまうだろう。ありがたいことに刀瀬は毎回欠かさず手を出してくれるので、落ち込んだことは一度もないのだが。

「この桃色のやつ、味見しても構わねえか?」

そそり立ったものを中指の先でピンと弾かれた。

今夜は座敷で始まるのかと思うと、はしたない期待で全身が熱くなる。だからといって、どうぞぺろりと平らげちゃってください、とはとても言えない。汗ばむ太腿を擦り合わせながら、「ちょ、ちょっとだけなら……」と言ってみる。

けれど郁生の本音など、年上の刀瀬は見通しているだろう。「ちょっとだけってのは難しいなぁ」と笑いながら、肉芯に舌を這わせてくる。

「ぁ……っは、ぁ」

根元から括れまでを繰り返し舐めあげられ、ぶるっと肌が震えた。

明かりも落としていないのに……と頭の隅で思ったものの、四肢に広がる甘い快感には逆らえず、両腕を投げだして刀瀬の愛撫を受ける。味見と言ったわりには刀瀬の舌づかいは丁寧で、あまりの心地好さに下ろしたまぶたまで桜色に染まっていく。

「お前のここは最高だな。舐めてりゃいくらでも出てくる。とろっとろになってるぞ」

「ぁあっ、や……ぼく、そんなふしだらじゃ、な……っあ、ん」

「馬鹿だな。俺は初心でかわいらしい体だなって意味で言ったんだよ」

刀瀬が躍る肉芯にしゃぶりついてきた。溢れてやまない先走りの露を音を立ててすすられ、「ひゃあ、あっ」と啼いて腰を跳ねさせる。

先端に滲んだものだけでなく、まだ蜜口に辿り着いていない露まで吸いとられてしまいそうだ。もっと出せるだろと言わんばかりに陰嚢を揉みしだく手にも翻弄され、切れ切れに喘ぎながら刀瀬の頭をかき抱く。一際大きく腰が跳ねたのと同時に、刀瀬の口のなかで稚い張りが爆ぜた。

「――濃いな。いい味だ」

郁生の白濁を嚥下した刀瀬は、いつものように満足げに唇を横に引く。はずかしくてもぞもぞと横向きになると、刀瀬が覆い被さってきた。郁生の耳たぶを舌でくすぐりながら、「なあ――」とせがむように息を吹きかけてくる。

「飲んでる最中にがっつり食うのはだめか?」

「……は、い?」

「お前をちょっと悦ばすだけのつもりだったんだがな。来週はこの体を抱けねえのかと思うと、たまらなくなった。今夜は正直、酒よりもお前が欲しい」

ささやきながら、刀瀬の手はすでに郁生の尻の狭間を撫でさすっている。だが郁生の返事を聞かずして、無理やりこじ開けるようなことはしない。

ごくっと唾を飲んでから、赤く染まった顔を刀瀬に向ける。

「と、となりの部屋に行きますか? 実はその……もうお布団を敷いてあるんです……」

郁生なりの、精いっぱいのイエスの返事だ。

用意がいいじゃねえかと笑われたらどうしようと不安になったものの、こういうときに余計なからかいをしない人だということは知っている。案の定、刀瀬はからかいめいたことは何も言わなかった。そのかわり、うれしそうに口許をほころばせ、郁生の体を抱きあげる。

――ああ、今夜も幸せな夜になりそうだ。

逞しい背中に腕をまわしながら、郁生は微笑む顔を刀瀬の首筋に埋めた。

＊＊＊

カレンダーの日付が八月になると、刀瀬(とうせ)は夏祭りの準備で家を空(あ)けることが多くなった。仕事を終えた体でそのまま打ち合わせに出向いているようで、郁生(いくお)はしばらく刀瀬の分の夕食を作っていない。

（恋人の日がなくなるだけじゃないんだな……）

仕方ないとはいえ、正直さびしい。

だが、そんな日々ももうすぐ終わる。明日はいよいよ夏祭り本番だ。

「お祭り、晴れるといいねー」

桜太朗(おうたろう)に笑いかけると、桜太朗も「うん！」と笑い返してくれる。

今日は設営作業があるらしく、刀瀬は朝から祭り会場に出向いている。「悪いが、桜太朗に昼メシを食わせてやってくれねえか？」と頼まれたので、桜太朗と二人、離れでそうめんをすすっているところだ。

「ぼくね、ボールすくいするんだー。あと金魚すくい」

「おっ、いいねー」

「おもちゃ屋さんも来るよ。パパ、一個だけならおもちゃ買ってもいいって。もうやくそくしたんだ」

「そっか。じゃあいちばんかっこいいやつ、選ばないとね」

「うん！」

機嫌よく夏祭りの話をしていた桜太朗だが、そうめんを食べ終わると、次第にテンションが下がっていった。どうもパパの帰りが遅いのが気になるらしく、少し物音が聞こえるたびにだっと縁側（えんがわ）へ出て、竹垣の向こうの様子を窺っている。

「おうちゃん、暑いからお部屋にいようよ。パパ、お昼過ぎには戻るって言ってたから、そろそろ帰ってくると思うよ」

郁生が慰めても、桜太朗の表情は晴れない。眉をハの字に下げ、「ぼく、パパのところに行きたい……」とぽつりと呟く。

そりゃそうだよなぁと苦笑が洩れた。郁生も時間があれば会場の下見に行きたいと思っていたので、「じゃあ、ぼくといっしょにパパのところに行ってみる？」と提案すると、桜太朗がぱっと笑顔になった。

「行く行く、行くーっ！」

「そのかわり、ぼくと手を繋がなきゃだめだよ。車とがっしゃんこしたら大変だからね。約束できる？」

「できる！」

祭り会場は、以前桜太朗と行った街角マルシェの開かれている公園だと聞いている。さっそく水筒を準備し、桜太朗には麦わら帽子を被せ、二人で刀瀬家を出た。

桜太朗は郁生の言いつけをちゃんと守り、小さな手でぎゅっと郁生の手を握ってくる。保育園でもいろいろと教えられているのだろう。車がやってくるたび、歩道の端に避けて立ち止まることも忘れない。「おうちゃんはお利口さんだねー」と褒めているうちに、公園の入り口が見えてきた。

「あ、すごい——」

公園はすでにたくさんの提灯で飾られ、祭りのムード一色だ。内周には無人のテントがずらりと並び、中央にはいつもはないやぐらが、でんとそびえ立っている。刀瀬を始め、実行委員らしき男性たちは、そのやぐらに紅白幕を取りつけているところだった。

「あ、パパいるー！　パパー！」

桜太朗はすぐに刀瀬に気がつき、刀瀬のほうもその声で気づいたようだ。汗にまみれた顔をこちらに向けたかと思うと、「おお」と目尻に笑い皺を刻む。

「んだよ、びっくりさせやがって。くそ暑いのに歩いてきたのか」

「まあ、はい。会場の下見をしておきたいなと思いまして」

短い会話の間に、桜太朗は「パパ、パパー！」と連呼して飛びつき、刀瀬の手で抱きあげられた。その様子を見た男たちが、「相変わらず桜太朗はパパっ子だな」「うちの子とは全然ちがうぜ」と笑って話しだす。

彼らには刀瀬に対して構えている部分が見当たらず、顔にも体にも『昔はやんちゃをしてました』と書いてあるような人たちばかりだ。郁生が郁生のままの人生を送っていれば、出会うことはまずなかっただろう。どぎまぎしながら佇んでいると、そのうちのひとりがふと郁生に目をやった。

「将吾。この人はどちらさん？」

「ああ、うちのコックだ。住み込みでメシを作ってもらってんだよ」

「住み込みで⁉」

男が大きな声を上げたせいで、一斉に興味津々の眼差しが郁生に向けられた。

「は、初めまして。守屋郁生といいます。刀瀬さんのお宅でお世話になってます」

郁生がぎこちなく頭を下げると、「コックかぁ。くそう、俺んちにも出張してくれよ」と誰かが言い、「おいおい、美人の嫁がいるくせに何言ってんだ」と誰かが突っ込む。「いや、あいつの料理は食えたもんじゃねえんだよ」「てめえ、言いたい放題だな」と、男たちは再び好き勝手に話しだし、がははと笑う。

相槌を打てる話題ではないのでどうすればいいのか分からないし、そもそも郁生に話しかけているようにも思えない。居心地悪く突っ立っていると、刀瀬が苦笑した。

「雑なやつらでびっくりしただろ？　気ィ悪くすんな。こいつらは皆、俺の小中学校時代の同級生なんだ。祭りが近くなるとこうやって地元に集まって、俺といっしょに実行委員をやってる」

「ああ、同級生……。なるほど」

ようするに気心の知れた友人というやつなのだろう。刀瀬もどちらかというと、『昔はやんちゃをしてました』系の人なので、ある意味、納得だ。

「桜太朗。パパはもう少し作業が残ってるからな。そこのテントの下で郁ちゃんと待ってろ」

桜太朗はパパの顔が見られて安心したようだ。「はあい」と機嫌よく返事をしたかと思うと、とてとてと自ら(みずか)テントのほうへ駆けていき、パイプ椅子にちょこんと座る。

残る作業はやぐらの上部に提灯をつり下げることと、安全確認だけだったらしく、十五分も経(た)たないうちに終了した。

「よし、帰るか。あとは明日が晴れることを祈るのみだ」

実行委員の男たちも、「お疲れさん」「いやあ、暑かったなぁ」と言葉を交わしながら、帰り支度を始めている。郁生もパイプ椅子を片づけていると、遠くのほうから「お疲れーっ」と叫ぶ声がした。

「も、間に合わないかと思っちゃった。みんな、待って待って。差し入れがあるのー！」

女性の声だ。どうも走りながら叫んでいるらしく、声は次第に近くなる。

男たちが「おおっ!?」とどよめくなか、刀瀬だけはうんざりした顔つきで、「ったく、今年も来たのか」と太い息をつく。

「知り合いっつうか、あいつも同級生だ。昔っからいちいち賑やかしい女で――」

刀瀬のぼやきを聞いているさなか、女性がテントの前に姿を現した。

(うわぁ……)

びっくりして目を瞠ってしまうほど、派手な女性だった。

郁生の母も似たようなタイプだが、母など彼女の足許にも及ばないだろう。バストの部分だけを覆ったトップスに花柄の巻きスカートという、常夏のリゾート地に赴くような格好で、つばの広い帽子を被っている。帽子から覗く髪は一応黒色だったものの、これでもかと言わんばかりにカールされている。

とはいえ、痛々しさは感じない。むしろ、かなり似合っていると言ってもいい。大輪のダリアか薔薇にたとえたくなるほど、美人でスタイルのいい女性だからかもしれない。

(女優さん、じゃないよな。こんなきれいな人、見たことないや)

唖然とする郁生を置いて、男たちは彼女の登場で分かりやすいほど色めき立った。まるで中学生男子のように皆一様に頬を紅潮させ、「ひなちゃん、会いたかったよー」「今年も帰ってきてくれたんだー」と、デレデレの顔で彼女を取り囲む。

――が、その輪をすり抜け、彼女が抱きついたのは刀瀬だった。

「ああん、将吾ぉー！　お正月以来ね。会いたかったぁ！」

「よせ、くっつくな。暑苦しいだろが」

「やあね、照れちゃって」

　ふふっと笑んだ彼女が刀瀬の頬に唇を押し当てる。あまりにも手慣れた仕草におどろき、「えっ……！」と目を剝いてしまった。まるでスタンプのように、鮮やかなピンク色の唇の跡が刀瀬の頬に残される。

「何してくれやがるんだ、くそ。人前で」

　刀瀬は顔をしかめて頬を拭っていたが、彼女はどこ吹く風だ。「人の目を気にするなんて、かわいいパパさんねー」などと言いながら、桜太朗の前で膝を折り、「おうちゃん、久しぶり。元気にしてた？」と笑いかける。

「うん、元気！」

「よかったー。もう少ししたら、お兄ちゃんたちが来るからね。待っててね」

「わあい、やったぁー」

　桜太朗がもじもじしないということは、桜太朗とも親しい関係なのだろう。いったいこの人は誰なのか。台風の目のような女性の出現にただただ呆然としていると、彼女が「あら」と声を上げ、初めて郁生に目をとめた。

「あなた、見かけない顔ね。新入りの実行委員さん？」

「あ、いえ――」

自己紹介をしていると、すかさず刀瀬が郁生の頭をぽふぽふする。

「かわいいだろ。うちのお抱えコックだ」

「お抱えコック?」

「ああ。この春から住み込みで、朝メシと晩メシを作ってもらってんだ。よく気がつくし、真面目だし、料理もめっぽううまい。郁がうちに住むようになってから、俺は出歩くことが減ったぞ。郁の作るメシは最高なんだ」

いくらなんでも褒めすぎだ。もしかしていきなりキスをしてきた彼女に対する牽制球のつもりなのかもしれない。彼女に抱きつかれたときには、暑苦しいと嫌がっていた刀瀬だが、いまは郁生の腰に腕をまわし、ぴったりと身を寄せている。

人前でこういうことをされると困るのだが、今日は熱烈な抱擁とキスを見てしまったあとなので、素直にうれしかった。彼女も何か感じる部分があったようで、雷に打たれたような表情で郁生を見ている。

(参ったな。刀瀬さんの恋人だってバレちゃったかも)

頬を赤らめて痒くもないうなじをかいていると、彼女の眸がきらっと光った。

「かわいいわっ。すごくかわいい!」

「え?」

「どうしたら、髪の毛をそんなにくるんくるんのふわふわに巻けるわけ？　ねえ、どこの美容院に通ってるの？　私、パーマをかけても一週間くらいでとれちゃうのよ」

「……あ、ぼく天パなんで」

「じゃあ、生まれたときからその髪型ってこと？　んんもう、フリルレタスみたいじゃない。かわいすぎっ」

「………」

刀瀬の投げた牽制球と、この腰に巻きついた腕にショックを受けているのかと思いきや、彼女は単に郁生の天然パーマに釘(くぎ)づけになっていただけらしい。「触っていいかしら？」と訊かれて「はあ」とうなずくと、彼女はうれしげに郁生の頭をぽふぽふする。

「郁ちゃんっていうのね。気に入ったわ。よろしくね」

彼女はビジューのちりばめられたバッグから名刺を取りだすと、郁生に差しだしてきた。

CLUB　MADONNA.　――名前は、妃奈子(ひなこ)とある。

「すすきのでクラブをやってるの。もし来ることがあったら寄ってね」

「すすきの……って、えっ、北海道ですか？」

「そうよ。最初の旦那が札幌の出身だったから、その縁で。実家はこっちなんだけどね」

最初の旦那が、ということは、二人目の旦那もいるのだろうか。そんなことを考えながら名刺を眺めていると、公園に一台のバンが入ってきた。途端に妃奈子がつま先立ちになり、「お父さん、遅いー！　こっちよ、こっち」と手を振り始める。

「悪い悪い。道が混んでてさ」

運転席から顔を覗かせたのは、割烹服を着た年配の男だった。妃奈子が「お父さん」と呼んでいたので、父親なのだろう。妃奈子が停車したバンの後部座席のドアを開けると、まず降りてきたのは三人の男の子だった。そのあと、大きなクーラーボックスが三つも下ろされる。

「みんな、お待たせー。キンキンに冷えたビールよ。アイスもあるからねー」

妃奈子が笑顔で言うと、「さすが妃奈ちゃん！」「やったね！」と男たちが口々に叫び、クーラーボックスに群がる。

「将吾も飲んで。設営、大変だったでしょ」

「あー、俺は車で来てんだよ」

「組の若い子に迎えにきてもらったらいいじゃない。若頭のわりにカタブツなんだから。はい、かんぱーい」

妃奈子は刀瀬の胸に缶ビールを押しつけると、郁生にも缶ビールを差しだし、桜太朗にはアイスを渡す。流れのままに「あ、どうも」と受けとってしまったが、気になるのはバンから降りてきた三人の子どもたちだ。桜太朗といっしょに仲よくアイスを食べ始めた彼らの様子を窺っていると、妃奈子が気づいたらしい。「忘れてた。郁ちゃんに紹介しなくちゃね」と言い、彼らを手招きして呼び寄せる。

「私の息子たちよ。上が小三、真ん中が小一、いちばん下が五歳。おうちゃんとも仲よくしてもらってるの。——この人はね、郁ちゃんっていうんだって。おうちゃんちのコックさん」

子どもたちは母親に似て、人見知りをするタイプではないようだ。たたっと郁生の前にやってきたかと思うと、「こんにちはー」と声を揃えて言う。

「さ、三人のお子さんのママだったんですか……？」

妃奈子は「そうよ」とからりと笑ってから、ひそめた声で郁生にささやく。

「似てるようで似てないでしょ？　父親が全員ちがうのよ」

「え、ええっ」

「だけど、みーんな私の大事な息子。私、バツ3なの。いまはシングルマザーで独身よ」

「————！」

ダリアか薔薇かというほどの美人でスタイルもよく、クラブのオーナーママ。それだけでなく、三人の子を持つ母親でもあったとは。なんだか衝撃が大きすぎて、郁生を見上げる子どもたちに「こ、こんにちは」と口角を持ちあげるのが精いっぱいだった。

結局、そのあとはテントの下で宴会のようになってしまい、郁生は「夕食作りがありますので」と、ひとり刀瀬家に戻った。刀瀬と桜太朗が帰ってきたのは、それから二時間ほど経ってからだろうか。「わざわざ来てくれたのに悪かったな」と刀瀬に謝られたものの、妃奈子と出会った衝撃が和らぐことはなかった。

（いくら久しぶりの再会だったとしても、人前でべったり抱きついてほっぺにチューなんてしないよな。ああでも、クラブのママさんだから、リップサービスの延長みたいな感じで、いつもお客さんにしてることなのかも）

どうにかして、刀瀬と妃奈子は『ただの同級生』だと思い込みたいのだが、心はざわめく一方だ。刀瀬は妃奈子の自由奔放な振る舞いにじゃっかん引き気味だったものの、嫌っているように見えなかったことも引っかかる。二人の間には、他者の立ち入る隙のない、親密な感情が流れているのではないだろうか。

（もしかして、元カノさんだったりして……）

実は十代の頃、付き合っていました、という線がいちばん濃厚な気がする。

根のやさしい刀瀬のことだ。とっくの昔に終わった関係でも、赤の他人に接するような態度はとれないのかもしれない。

（訊いてみようかな、刀瀬さんに）

鼓動が重くなるのを感じながら、三角に切ったスイカを母屋の縁側に運ぶ。庭先では刀瀬と桜太朗、そして刀瀬の父・将一郎の三人が花火をしていた。

「お待たせしました。デザートです」

郁生が声をかけると、手持ち花火を持っていた桜太朗が「わあい」とはしゃぐ。

刀瀬と桜太朗だけならともかく、今夜は将一郎もいる。ちらりと刀瀬を窺ったものの、刀瀬は将一郎と話していて、郁生には「おう、スイカか」と応えただけだった。一秒でも早くこの悶々とした感情を手放したかったのだが、今夜は無理かもしれない。仕方なく縁側にスイカを盛った皿を置き、キッチンに戻りかけたとき、「ほう、妃奈ちゃんが――」と将一郎が言うのが聞こえ、はっとする。

「今年も夏祭りに合わせて帰ってきたのか。くそう、俺も会いたかったな。妃奈ちゃんほどの美人はなかなかいねえからな」

「あほくせえ。気になるんなら口説いてみりゃいいじゃねえか。妃奈子、いまは独身だぞ」

「いやあ、さすがに息子とタメ年っつうのはなぁ。せめて妃奈ちゃんが四十だったら――」

「おいおい、真に受けてんじゃねえよ。たとえ妃奈子が四十だったとしても、六十のじじぃなんか相手にするわけねえだろが」

二人の会話に耳をそばだてつつ、スイカを食べ始めた桜太朗の世話をしていると、ふいに将一郎が郁生のほうを見た。

「郁さん。あんたも祭り会場に行ったんなら、どえらい美女に会ったんじゃねえのか?」

将一郎は刀瀬組の組長だ。いい加減に慣れなければと思うものの、いまだに話しかけられると、びくっとしてしまう。

「は、はい。妃奈子さんですよね。とてもきれいな方でおどろきました」

「だろう？　妃奈子ちゃんはここら一帯じゃ有名な美少女だったんだ。夫婦でやってる割烹店の娘なんだがな、学校が終わると妃奈ちゃんも店の手伝いをしてたもんだから、昔は妃奈ちゃん目当ての客が行列を作るほどだったんだぞ。大人になって垢抜(あかぬ)けてから、ますますいい女になっちまってよぉ。まさかすすきのに店を構えるほどになるとはなぁ」

　渋い表情でため息をつく将一郎に、「よせよ、みっともねぇ」と刀瀬が顔をしかめ、スイカにかじりつく。

　いまだったら訊けるかもしれない。郁生はごくっと唾(つば)を飲み、居住まいを正した。

「あのっ、妃奈子さんって将吾さんの昔の彼女ですか？」

　声にした途端、刀瀬が「ああ？」と眉をつり上げる。

「お前、俺のどこを見てそんなことを――」

　言いかけた刀瀬の声は、将一郎が盛大に噴きだしたせいでかき消されてしまった。

「おいおい、郁さん。笑わすんじゃねえよ。うちの将吾にあの妃奈子ちゃんをモノにできるほどの甲斐性(かいしょう)があると思うかい？　月とすっぽんもいいところだ」

「んだとぉ!?　誰がすっぽんだ！」

「てめえに決まってんだろ。妃奈ちゃんから見りゃ、てめえなんかただの近所の悪ガキだ。俺のほうがまだ男振りがいいぜ」

「はっ、どこがだ。耄碌しかけのじじぃが。寝言は寝てから言いやがれ」

肝心な答えを知る前に、言い争いに発展してしまった。どうしてやくざというものは、こうも簡単にスイッチが入るのだろう。「ねえ、すっぽんってなあに！」と桜太朗が負けじと声を張りあげていたが、どちらもその問いに答えようとしない。仕方なく桜太朗の頭をぽんぽんと撫でてやる。

「おうちゃん。すっぽんっていうのは、亀さんのことだよ」

「カメさん？　もしもしカメよー、のカメさん？」

「うん。亀にもいろいろあってね、すっぽんっていうお名前の亀さんがいるんだ」

しばらく待っても言い争いが収束する気配がなかったので、しおしおとキッチンに戻る。ひとりさびしく洗いものをしていると、刀瀬がやってきた。不機嫌そうな顔つきで「郁、ちょっと来い」と顎をしゃくってから、先に立って歩きだす。

連れていかれたのは、客間の一室だった。刀瀬は後ろ手に襖を閉めると、眉間に皺を刻んだ顔を郁生に向ける。

「妃奈子はただの連れだ。付き合ったことなんかねえよ」

「……え？」

先ほどの問いに答えるために、人のいない客間に郁生を連れ込んだのだろうか。

胸が熱くなるのを感じていると、刀瀬が一歩踏み込んできて、郁生の額に自分の額を触れさせる。

「気になったのか。妃奈子のことが」

「はい。なんかすごく仲がよさそうに見えたので」

それに、と言葉を継ぎながら、おずおずと上目をつかう。

「妃奈子さん、めちゃくちゃ美人さんじゃないですか。子持ちのママさんにはとても見えませんでした。刀瀬さんのお友達の方たちも、みんな妃奈子さんにデレデレでしたし」

「あいつらは全員妃奈子のファンなんだよ。昔っから、ああいう感じだったんだ」

「じゃあ刀瀬さんはどういう感じだったんですか？」

「どうってお前――」

刀瀬が苦笑し、郁生の髪をかきまぜる。

「言っただろ？　妃奈子はただの連れだ。あいつとは小学校から高校までいっしょだったんだ。実家も近所だし、親同士の仲もいい。妃奈子が困ってりゃ、助けることもあるだろう。だけどそれは連れだからだ。恋愛感情はかけらもねえよ。いまも昔もだ」

「そうなんですか？」

「当たり前だろ。んなこと、ごまかしてどうする」

はっきり言葉にされたおかげで、胸を乱していた波がじょじょに穏やかになっていく。けれど、もっと安心したくて「本当に？」と念を押したのがまずかった。

「てめ、疑ってんのか」

刀瀬はつっと眉を持ちあげたかと思うと、いきなり郁生の耳に噛みついてきた。甘噛みならぬ、本気に近い噛み方だ。思わず「い、っ……！」と肩を跳ねさせる。

「俺が惚れてんのは郁、てめえだけだ。くだらねえことをごちゃごちゃ訊くんじゃねえ。それともなんだ？　惚れてるって俺に言わせてえだけか？　お前さえその気なら、俺は毎晩でもてめえの部屋に通って、百回でも二百回でも言ってやるぞ」

これは怒らせてしまったということだろうか。慌てふためいたのも束の間、言葉の真意が分かると、噛まれた耳がじんと熱くなった。優等生らしく言いかえると、郁が好きだよ、好きで好きでたまらないと、刀瀬は言っているのだ。ほんの少し前に凪いだはずの心が、今度は別の意味で波立ち、色づいていく。

「す、すみません。刀瀬さんの気持ちを疑ってるわけじゃなかったんですが、あまりにも妃奈子さんがきれいだったから、ちょっと不安になっちゃって……」

「――で、その不安とやらはどうなった。まだてめえの胸のなかに居座ってんのか」

「あ、いえ」

と、首を横に振り、刀瀬の背中に腕をまわす。

「きれいに消えちゃいました」

「そうか」と刀瀬が応え、先ほど噛みついた郁生の耳に唇を這わせてくる。

まだじんじんしているので、なんだかくすぐったい。ふふっと身を捩って笑うと、刀瀬が顔の角度を変えてきて、郁生に口づける。舌と舌とが絡むような口づけは、恋人しかしないものだ。挨拶がてらに頬にちゅっと口づけるのとは、わけがちがう。

「ま、そういうことだ。分かったか？　郁」

「はい」

しっかりうなずき、うれしさに染まった顔を刀瀬に向ける。

今日も恋人の日と同じくらい、幸せな日になった。

（うん、悪くないな）

白地に麻の葉模様の入った浴衣に袖を通し、郁生はにまっと笑う。

ついに夏祭り当日だ。浴衣は長い間、箪笥の肥やしになっていたものだが、捨てないでおいて正解だった。刀瀬と話せたおかげで妃奈子と出会ったもやもやも晴れたので、今日は童心に返って祭りを楽しもうと思う。

「おうちゃん、お支度できた？　ぼくはできたよー」

祭りの実行委員である刀瀬は何かと忙しいため、今日は桜太朗と夜店をまわる約束をしている。母屋のリビングを覗くと、ちょうど桜太朗が若衆たちの手で身支度を終えたところだった。

金魚柄のかわいらしい甚平姿で、首からは小さながまぐちをぶら下げている。がまぐちの中身は、刀瀬が事前に用意したおこづかいらしい。「じゃあぼくも」と、がまぐちに百円玉を三つ入れてやると、桜太朗は飛び跳ねて喜んだ。

「郁さん、すみません。じゃ、桜太朗のこと任せていいっすか？」

「いいですよ。今日は夕食作りを免除されましたし、ぼくも夏祭りに行くつもりだったので」

若衆たちはもう少し暗くなってから祭りに出向くようだ。陽が翳り始めたばかりのいまの時間帯は、大人よりも子どもたちのほうが多いだろう。思ったとおり、祭り会場は小さな子どもを連れたファミリーで賑わっていた。

「いくちゃん、ぼくボールすくいする！　あっ、綿菓子ほしい！」

「待って待って。先にパパに顔を見せに行こうよ」

夜店に向かっていまにも駆けだしそうな桜太朗の手を引き、まずは本部テントへ向かう。まだそれほど忙しくないようで、刀瀬は焼き鳥を片手に他の実行委員たちと談笑していた。すぐに郁生と桜太朗に気づき、相好を崩す。

「おおー、郁。洒落た浴衣じゃねえか。似合ってるぞ」

「ありがとうございます。刀瀬さんもその浴衣、素敵です」

刀瀬の浴衣は紺地に細い縞模様が入っていて、男らしい顔立ちの刀瀬によく似合っている。頬を緩めて見惚れていると、刀瀬が膝を折り、桜太朗の髪をかきまぜた。

「さーて、桜太朗。パパと郁ちゃんの三人で夜店をまわるか」

「えっ、いいんですか？」

「これからどんどん人が増えていくからな。まわるならいまのうちだ」

刀瀬は「ちょっと任せるぞ」と他の実行委員たちに声をかけると、テントを出る。

刀瀬といっしょに夏祭りを楽しめると思っていなかったので、素直にうれしかった。もちろん桜太朗は郁生以上にうれしいだろう。色白の頬を紅潮させ、刀瀬にまとわりついては、「パパ、パパ」とはしゃいでいる。

「ぼくね、ボールすくいする。あと、金魚すくいと、あっ、綿菓子買って、おもちゃも買う！」

「よしよし——」

桜太朗に先導される形で、まずはボールすくいの夜店に向かった。

五つすくうと、大きなスーパーボールに交換してもらえるらしい。郁生もチャレンジしてみたが、大人になって初めてするせいか、なかなか難しい。なんとか五つすくって、澄んだ水色のスーパーボールをゲットした。

「見て見て。ぼくのはペンギンさんが入ってるんだよ」

桜太朗はお目当ての、動物のミニフィギュア入りのスーパーボールを手に入れることができてご機嫌だ。次は金魚すくい、次は輪投げと、桜太朗は公園中に並ぶ夜店に目をきらきらさせ、遊んでいる。桜太朗はともかく、郁生は大人だ。それでもついつい夜店の前で足を止め、並んでいるものを眺めてしまう。

「——おっ、懐かしいな。水笛か」

刀瀬が足を止めている郁生に気がついた。夜店の店主がここぞとばかりに見本の水笛を手にとり、ピロロロ……と鳴らしてみせる。

「なんか和(なご)みますよね。好きだな、水笛の音」

昔、祖母と二人で行った夏祭りで、水笛を買ってもらった覚えがある。大切にとっておいたはずなのに、いつの間にかなくなってしまった。そんな話をしようとしたとき、桜太朗が「これほしい！」と飛び跳ねて騒ぎだした。

「おい、少しは我慢しろ。おもちゃはひとつだけって言っただろ。これでいいのか？　あっちにでかい水鉄砲を売ってる店があったけどな」

「水でっぽう？　おっきいやつ？　ゆうくんが持ってるような？」

「あー、分かんねえけど、とにかくでかいやつだ」

「ぼく、水でっぽうを見にいく！」

桜太朗がぐいっと刀瀬の腕を引っ張る。あれよあれよという間に、二人はおもちゃの並ぶ夜店のほうへ行ってしまった。「郁、ちょっと待ってろ」という刀瀬の言葉だけを残して。

（待ってろって言われてもなぁ……）

夏祭りを楽しみにしていた桜太朗とパパのとり合いをするつもりはないので、苦笑するしかない。水笛をひとつ買うつもりで選んでいると、本当に刀瀬が戻ってきたのでおどろいた。タイミングよく若衆と出くわしたようで、桜太朗を預けて戻ってきたらしい。

「よかったんですか？　刀瀬さんはおうちゃんのパパなんですから、ぼくのことは気にしなくていいですよ？」

「お前……っとにつれねえな。年に一回の祭りだぞ？　ちょっとくらい二人っきりになっても、ばちは当たんねえだろうが」

怒っているような顔でうれしいことを言われてしまった。

「で、どれが欲しいんだ？」

と訊かれ、素直に小鳥の形をした水笛を買ってもらう。

さっそく吹くと、昔と変わらない、かわいらしい音がした。またひとつ、思い出が増えてうれしい。水笛をもてあそびながら、あまり混み合っていない夜店を刀瀬と二人でまわる。

「今夜は祭りの打ち上げがあるんだが、お前も来るか？　桜太朗のことは若いやつに頼むから、大人しかいねえぞ」

「あー、ぼくはいいです。皆さんで楽しんでください」

「んだよ。たまには酒でも飲んで、憂さ晴らししたらいいじゃねえか。桜太朗の子守りも楽じゃねえだろ」

「おうちゃんはいい子じゃないですか。ぼく、ストレスとか特に感じたことないですよ」

やくざのお抱えコックになって、これほどほのぼのとした生活を送れるとは思ってもいなかった。刀瀬が何かと気づかいをしてくれるおかげだろう。ふふっと微笑(ほほえ)んで真横の顔を見上げたとき、「パパー！」と呼ぶ声がした。

桜太朗だ。大きな水鉄砲を両手で持ちあげ、てけてけと駆けてくる。

「ぼく、これにした！　ゆうくんが持ってるのといっしょのやつ！」

「おおー、いいのがあってよかったじゃねえか。風呂場がびしょ濡れになりそうなでかさだな」

刀瀬は桜太朗の頭をわしわしと撫でてから、郁生のほうを向く。

「悪いな。そろそろ他の実行委員のやつと交代しなきゃなんねえ。皆、家族持ちなんだ。また桜太朗を任せても構わねえか？」

「ええ、大丈夫です。おうちゃん、今度はぼくと二人でお店をまわろうね」

桜太朗はやりたいことがおおかたできて、満足したのだろう。「うん！」と大きくうなずき、パパにバイバイをする。

「さーて、おうちゃん。次は何をしよっか」

「えっとね、――」

いつの間にか夜になり、人も増えてきた。桜太朗の手を握って歩いていると、後ろから「郁ちゃーん」と呼ばれた。

女性の声だ。となると、思い当たる人はひとりしかいない。

ぎくりとしながら振り向くと、思ったとおり、浴衣姿の妃奈子が三人の子どもたちといっしょに立っていた。

「やっぱり郁ちゃんだと思ってたのよー。ねえねえ、将吾はどこ？　いっしょに夜店をまわろうと思って」

「あー、本部テントだと思います。さっきまでいっしょだったんですけど、他の実行委員さんと交代しなくちゃいけなくなったみたいで」

場所だけでなく、刀瀬が離れた理由まで答えたのは、妃奈子を足止めしたい思いがあったからだ。刀瀬は妃奈子のことをただの連れだと明言していたものの、自分の恋人と魔物級の美女が親しげに会話を交わしている姿はあまり見たくない。

だが妃奈子にはまったく通じなかった。「本部テントね。りょーかーい」と明るく手を振ったかと思うと、子どもたちを引き連れて駆けていく。

（ま、まあ、そういう人だろな）

せめて郁生が『そこそこかわいい女の子』なら、妃奈子も、もしかして将吾のことが好きなの!?　と察してライバル認定をしたかもしれないが、郁生はくるくるの天然パーマだけが際立（きわだ）つ男子なので、どうしようもない。

気を取り直して再び歩きだしたのも束の間、妃奈子の手で強引にテントから連れだされる刀瀬の姿を目撃してしまい、複雑な思いに陥（おちい）った。妃奈子の子どもたちも、遠目でも分かるほどにはしゃぎ、刀瀬にまとわりついている。

おそらく刀瀬は妃奈子の押しの強さに負けたのだろう。あの手の強引さは、郁生にはないものだ。なんとなく妃奈子が眩しく見え、睫毛を伏せて歩いていると、桜太朗が不思議そうな表情で郁生を見上げてきた。

「いくちゃん、どうしたの。しょんぼりしてる？」

「あ、ううん――」

桜太朗が側にいるのだから、暗い思いにとらわれてしまってはいけない。慌てて首を横に振り、たこ焼きの屋台に指を向ける。

「おうちゃん、そろそろお腹が減らない？　ぼく、たこ焼きが食べたいんだよね」

「あっ、ぼくも食べるー！」

「じゃ、二つ買おっか」

となりで売られている焼きとうもろこしも桜太朗が欲しがったので、それも買い、休憩スペースのベンチに並んで腰かける。

憂鬱なとき、何かを口にするということは大事なのかもしれない。焼きたてのたこ焼きを頬張っているうちに、少しずつ気持ちが上向いてきた。刀瀬の恋人は自分なのだから、大胆でアグレッシブな美女が現れたくらいで、動じる必要はない。たこ焼きを食べ、焼きとうもろこしにかじりつき、デザートがわりのかき氷を食べ終わる頃には、すっかり妃奈子のことは忘れていた。

　それなのに——。

「郁ちゃーん」

　ぽんっと後ろから肩を叩かれ、うぐ……と心のなかで呻く。

　振り向かないでも分かる。この声は妃奈子だ。

「ちょうどよかった。空いてるベンチがないのよ。ねえ、となりに座ってもいいかしら？」

「あ、——」

　ぼくらはもう食べ終わったんで、とベンチを譲って立ち去ろうと思ったのだが、幸か不幸か、桜太朗が妃奈子の三人の子どもたちと遊び始めてしまった。桜太朗を置いて移動するわけにはいかず、仕方なく「どうぞ」とベンチの端に寄る。

　妃奈子は「ありがとー」と笑いながら郁生のとなりに腰を下ろすと、いきなり左手をかざしてみせた。

「見て。将吾に買ってもらったの。かわいいでしょ？」

「……はい？」

　おそらくブレスレットのことを言っているのだろう。細い手首に金色の鎖が揺れている。ところどころに赤い石がぶら下がっていたが、本物のルビーには到底見えないシロモノだ。どう反応すればいいのか分からず戸惑う郁生に、妃奈子も気づいたらしい。小さく肩を竦め、はにかむように笑ってみせる。

「おもちゃよ。夜店に売ってたのを将吾にねだったの」

「ああ、そうだったんですね。……かわいいです、すごく」

「でしょ？　私も気に入ってるの」

妃奈子はにっこり微笑むと、手にしていたベビーカステラを郁生に勧めてきた。断る理由もなかったので、「どうも」と言いつつ、摘ませてもらう。妃奈子も同じようにベビーカステラを摘まみながら、「東京の夜は蒸し暑いわねえ」などとぼやき、額にかかる前髪を払ったりしている。

（あっ……）

なんでもない仕草のなかで気づいてしまった。

——この人、刀瀬さんのことが好きなんだ。

妃奈子は何かと左手首に目を落とし、ブレスレットを眺めている。くるっと手首をまわし、赤い石を揺らすこともする。郁生にとって刀瀬からもらったものはすべて宝物になるように、妃奈子にとってもそうなのだろう。おもちゃのブレスレットを愛おしそうに見つめる眼差しは、まるで少女のようだった。

垣根が少し、低くなったような気がした。絶世の美女ではなく、中学生の女の子に訊くつもりで訊いてみる。

「好きなんですね。将吾さんのこと」

　妃奈子はあっさり認め、「あら、分かるー？」とうれしそうに唇を横に引く。

「口は悪いけど頼りになるし、息子たちにも親切だし。若い頃は将吾のよさに気づかなかったわ。三回結婚に失敗して、ようやく気づいた感じ？　私ってほんと馬鹿。将吾とは長い付き合いなのにねえ」

　ということは、やはり刀瀬の言うとおり、過去も現在もただの友達でしかないのだろう。けれど、妃奈子にその気があるのなら話は別だ。「告白とかしないんですか？」と訊いてみると、妃奈子はくすっと笑い、郁生の耳に唇を寄せてくる。

「実はね、告白したことがあるの。一昨年（おととし）と去年の二回よ？　でもだめ。二回とも振られちゃった」

　それは刀瀬から聞いていない。「ええっ」と目を丸くする。

「私のことは友達としか思えないんだって。きっと将吾の好みじゃないのよ。なんとなくだけど、将吾って家庭的な子が好きな気がするの。ちまちまと家のことをして、ごはんを作って自分の帰りを待ってるような、そういうタイプの子よ」

　郁生がまさにそういうタイプなので、妃奈子の読みはほぼ当たっていると言える。しかし妃奈子の横顔からは、惚れた男に振られたという悲壮感がまるで感じられない。おそらく刀瀬のことを諦めていないのだ。

「あの、もしかして将吾さん、恋人がいるんじゃないんですかね」

恐る恐る切りだしてみたところ、妃奈子は澄ました表情で「でしょうね」と返す。

「えっ、ご存じなんですか?」

「いいえ、知らないわ。訊いてないもの。だけどそういうことは雰囲気で分かるのよ。今年は変にガードが固いしね。将吾はああ見えて、結構カタブツなの。付き合ってる人がいるのに、女友達にいい顔をするような男じゃないわ」

他人事のように言う妃奈子が信じられず、ぱちぱちと瞬く。

好きな男に二度も振られた上に、男には恋人ができてしまった。――世間ではそれを完敗というのではないだろうか。にもかかわらず、刀瀬に対して積極的であろうとする妃奈子の心情がまったく分からない。

「た、たとえばの話ですよ? もし本当に将吾さんに恋人がいるんなら、将吾さんと妃奈子さんがお付き合いする可能性は、ほぼないような気がするんですけど……」

「あらやだ、郁ちゃん。あなたもかなりのカタブツね」

妃奈子は悪戯っぽく微笑むと、まるで長年の親友のように郁生に体を寄せてきた。

「一度や二度振られたくらいで、私は諦めないわ。だって男と女の運命なんて、どこでどう転ぶか分かんないもの」

「どう転ぶか、ですか?」

「そうよ。私、三回も結婚してるのよ？　適当な男と結婚したんじゃない、大好きになった人と結婚したの。だけど、終わるときは終わるのよ。だから私と将吾の運命も、いつどうなるか分からないわけ。将吾はいまのところ、私に気はないみたいだけど、もしかしたら急にビビッと来て、恋に落ちるかもしれないじゃない。そうじゃないと、世の中のカップルがくっついたり離れたり、別の誰かとくっついたりなんてしないわ」

言われてみればそうかもしれない。この世の中に、初恋同士のカップルがどれほどいるだろう。郁生は刀瀬が初恋なのであまり考えたことがなかったが、大好きな人と付き合うことになったのにもかかわらず別れた人や、二度目三度目の恋で大きな幸せを掴んだ人もたくさんいるはずだ。

「恋する気持ちはね、お互いに相手を想って努力しないと、少しずつ萎(しぼ)んでいくものだと思うのよ。信じることと怠(なま)けることはちがうしね。鉢植えの花だって、窓辺に置いて水をあげてれば必ず咲くってものじゃないでしょ？　咲いたとしても、枯れてしまうことだってあるんだし。恋の花も手を変え品を変え、育てていかないと。どこでどんな女が狙ってるか、分かんないんだから」

「手を変え、品を変え、育てていく……」

——ガンッと強く、頭を殴られたような気がした。

いまのいままで、好きという気持ちさえあれば何もかもうまくいくものだと、当たり前のように信じていたせいかもしれない。実際、刀瀬との交際は順風満帆で何も問題がないのだ。けれど妃奈子の言うとおり、世の中のカップルはくっついたり離れたり、別の誰かとくっついたりもする——。

呆然としていると、「なーんてね」と妃奈子が肩を竦めてみせる。

「偉そうなこと言っちゃったけど、結婚に失敗して私もようやく気づいたのよ。だから次こそ幸せを摑みたくて。だって恋に落ちることなんて、人生でそう何回もないでしょ？　ビビッと来たら、本気でがんばりたいのよ」

気負った表情を見せられ、どう応えていいのか分からなかった。なんとか「はあ……」と相槌を打ったとき、妃奈子に脇腹をちょんとつつかれた。

「ねえ、郁ちゃんは彼女はいるの？」

「えっ？　……あ、いえ——」

刀瀬は彼女ではない。反射的に首を横に振ったものの、『彼女』を『恋人』と置き換えるなら、返事はイエスになる。とはいえ、突っ込んだことを訊かれても困るので、「好きな人ならいます」と答えてみた。

それを妃奈子は、『好きな人はいるけども、交際には至っていない』と解釈したらしい。いきなり体を捻ると、がしっと強く、郁生の肩を摑む。

「郁ちゃん。一回や二回振られたくらいで諦めちゃだめよ？」

「……は、はい?」

「この恋をいつかモノにしてみせるって信じて、自分磨きに励みなさい。貯金するみたいに自分の魅力を増やしていくの。たとえチャンスに恵まれなかったとしても、自分磨きに励んだ日々はぜったいに無駄になんないから」

妃奈子はきっと心根のまっすぐな人なのだろう。昨日出会ったばかりだというのに、真剣な表情でアドバイスされ、面食らってしまった。

「がんばってね。私は明日北海道に帰るけど、郁ちゃんのこと、応援してるから」

「あ、ありがとう、ございます……」

複雑な思いでぺこんと頭を下げたとき、やぐらの辺りから夏祭りには不似合いな曲が流れてきた。タイトルまでは知らないが、フォークダンスで使われる曲だ。妃奈子は「よし」とうなずくと、立ちあがる。

「このお祭りではね、盆踊りの前にフォークダンスがあるのよ。誰がやりだしたのか知らないけれど、いまでは恒例になってるの」

「へえ……夏祭りでフォークダンス。なんか不思議な取り合わせですね」

浴衣と下駄でフォークダンスを踊るのはかなり難しい気がするのだが、郁生以外の人たちはあまり気にならないようだ。やぐらを中心にして踊りの輪ができ始める。その光景をぽかんと眺めていると、妃奈子がくるりと振り向き、郁生の前で両手を合わせた。

「ごめん、郁ちゃん。少しの間、うちの子たちを見てもらっててもいい？　私、このフォークダンスのために毎年帰省してるのよ。だって堂々と将吾と手を繋げるのよ？　踊らなきゃ損でしょ」

頬をかすかに赤らめた妃奈子を前にして、それはちょっと困ります、と言えるようなスキルは持ち合わせていない。「ど、どうぞどうぞ、遠慮なく」と笑顔を作ると、妃奈子は「ありがとう！」と今夜いちばんの笑顔を見せ、脇目も振らずに本部テントへ駆けていく。

とはいえ、刀瀬がフォークダンスを踊るとは思えない。なんとか心を落ち着けてベンチに座り直したのも束の間、刀瀬は妃奈子の手で無理やり本部テントから連れだされたようだ。半ば怒っているような声で、「郁、お前も来ーい！」と呼びかけられる。

はっとして腰を浮かせかけたとき、桜太朗がとことこと駆けてきた。

「いくちゃん、おしっこ」

「えっ！」

妃奈子の子どもたちも駆けてきて、「ぼくも」「ぼくも」「ぼくも！」と次々に口にする。

「ええっと……トイレだね。よし、行こっか」

子どもたちに生理現象を我慢させるわけにはいかない。刀瀬に向かって、ぼくはいいですという意味で大きく両手を振る。それでも刀瀬は「いいから来い！」と叫んでいたが、無理無理と首を横に振り、急ぎ足で簡易のトイレに向かう。

「みんな、ひとりでできる？　……あ、横入りはいけないよ。ちゃんと並んで」

トイレの前に子どもたちを並ばせながら、踊りの輪に目を向ける。

ひとりと踊り終えると、次の人の手を取るのがフォークダンスのはずだが、妃奈子は繰り返し刀瀬と踊っている。お前、いい加減にしろよ、と眉をつり上げる刀瀬の姿が見えるようだ。妃奈子はおそらく、いいじゃない、踊りましょうよ、と笑って聞き流しているにちがいない。

（ぼく、何をやってるんだろう……）

遠目からでも分かる妃奈子の笑顔が眩しくて、目をしばたたかせる。

もし、四人の子どもたちを預けられていなかったら、自分は踊りの輪に加わっていただろうか。勇気を出して加わったとしても、妃奈子を押しのけてまで刀瀬の手を取ることは、とてもできない気がする。

恋人がいても関係ない、あなたが好き、大好きなのよ、と妃奈子は全身で刀瀬に伝えようとしている。妃奈子がくるりとまわるたび、おもちゃのブレスレットが提灯の明かりに照らされ、細い光を放つ。

届かないものを摑もうと伸ばす手はどこまでも健気（けなげ）で、美しい。

自分にはない強さをまざまざと見せつけられ、郁生はついにうつむいた。

――だって男と女の運命なんて、どこでどう転ぶか分かんないもの。

――もしかしたら急にビビッと来て、恋に落ちるかもしれないじゃない。

妃奈子の言葉が頭から離れず、そわそわとした気持ちで夏野菜の浅漬けを仕込んでいく。

結局、郁生は最後まで祭り会場にとどまることはしなかった。トイレを終えた桜太朗が眠そうに目を擦り始めたせいもある。若衆に「郁さんは残ってくれていいですよ」と言われたものの、ひとりで祭り会場をまわるほど、さびしいものはない。明日の朝食の下ごしらえをしたいからと、桜太朗の寝かしつけを担当している若衆たちとともに刀瀬家に帰った。

祭りは夜の九時までだと聞いているので、もう終わった頃だろう。先ほどまで桜太朗といっしょに妃奈子の子どもたちが刀瀬家のリビングを走りまわっていたが――桜太朗がバイバイしたくないと駄々をこね、泊まることになったらしい――、さすがにうるさいと若衆たちに叱られ、客間に連れていかれたところだ。

(刀瀬さんはそろそろ打ち上げかな……)

ため息をつきながら浅漬けの容器を冷蔵庫にしまっていると、「妃奈子さん、めちゃくちゃきれいだったよなぁ」と若衆たちの弾んだ声が聞こえ、はっとする。

祭りから帰ってきた若衆たちがリビングのソファーで酒を飲んでいるのだが、ここでも話題の中心は妃奈子のようだ。

「若頭と妃奈子さん、お似合いいっすよね。結婚すりゃいいのに」

「姐さん！　とか呼んでみてえよなぁ。妃奈子さんがうちの姐さんになるんなら、俺、世話係に立候補するわ。運転手でも荷物持ちでもなんでもするぜ」

一般家庭のリビングより広いとはいえ、知れている。勝手な妄想で盛りあがる声が否応なく耳に入り、ますます落ち着かない気持ちになってきた。

祭りの打ち上げにはおそらく妃奈子も参加するだろう。刀瀬が妃奈子に言い寄られて心変わりするとは思っていないが、積極的な妃奈子のことだ。どんなドラマを引き寄せるか分からない。

いや、それよりも――。

自分は妃奈子のように全身全霊をかけて恋をしているだろうか。妃奈子の恋愛観を聞いてからというもの、自分に対する疑問が郁生のなかで渦を巻いている。刀瀬とフォークダンスを踊る妃奈子を直視できなかったのも、積極性のない自分が情けなくなったからだ。

思い返せば、『お前は本当につれねえな』と、刀瀬に何度か言われたことがある。いままで笑って聞き流していたが、これは由々しき事態だ。刀瀬に『つれない』と感じさせてしまうということは、郁生の愛情表現が刀瀬に伝わっていないということなのだから。

そこまで考えて、すっと頬が強張るのを感じた。

（愛情表現って……ぼく、してるかな？）

てめえが好きだ、惚れてると、先に言葉にしてくれるのはいつも刀瀬のほうだ。抱き寄せてキスすることも、押し倒して事に及ぶことも、郁生はしたことがない。郁生の愛情表現は、せいぜいにこにこ笑って刀瀬のとなりに佇むことと、刀瀬のためにせっせとおつまみを作ることくらいだ。三十歳の刀瀬には、ピンと来ない愛情表現だったかもしれない。

途端に目の前が暗くなり、激しい焦燥を感じた。

——恋する気持ちはね、お互いに相手を想って努力しないと、少しずつ萎んでいくものだと思うのよ。

——恋の花も手を変え品を変え、育てていかないと。

妃奈子は確かにそう言った。

恋愛において常に受け身の自分が、いったいどう手を変え品を変え、恋の花を育てているというのか。郁生の胸にある恋の花は満開だとしても、刀瀬の胸にある恋の花はじゃっかん萎みつつあるとしても不思議ではない。これは刀瀬が悪いのではなく、刀瀬の恋の花にたっぷりと栄養を与えてやれなかった、郁生の不甲斐なさが問題なのだ。それに気づくと、いても立ってもいられなくなった。

(と、刀瀬さんのもとに行かないと——)

だが、打ち上げの誘いを郁生は断わっている。いまさらのこのこと顔を出して、迷惑がられないだろうか。そもそも郁生は祭りの実行委員ではない。

そこまで考えてから、「ああもうっ」と声に出して頭をぶんと横に振る。

うじうじと考えるばかりで行動に移せない、こういうところがだめなのだ。静かに息を吐きながら、備えつけの棚から料理用の日本酒を取りだす。たまには酒の力を借りて、自分を奮い立たせるのもありだろう。計量カップにそそいだそれをぐいっと飲み干し、若衆のもとへ行く。

「あのっ、打ち上げ会場の場所を教えてください」

妙に鼻息の荒い郁生におどろいたのか、ソファー一帯が静まり返る。

「え、えっと、妃奈子さんの実家っす。加賀谷って名前の割烹で――」

「加賀谷さんですね。分かりました。ありがとうございます」

ちょっと出かけてきます、と彼らに言い、エプロンを外しながら玄関に向かう。

ぐずぐずとあれこれ考えているうちに、成就した恋が消えてしまうかもしれない。いますぐ刀瀬に会って、「ぼくはこれでも刀瀬さんのことが大好きなんです！」と、思いきりしがみつきたかった。

勢いのまま刀瀬家を飛びだしたものの、よく考えれば、店名だけで辿り着けるほど、郁生はこの町を知っているわけではない。あちこちの脇道をさまよい、最終的にはスマホでマップを見て、ようやく加賀谷を見つけた。

暖簾はしまわれていたが、店内には明かりが灯っていて、賑やかな声が洩れ聞こえてくる。

奥手の郁生に何ができるか分からない。せめて刀瀬のとなりに陣取ろう。おそらく妃奈子は隙あらば刀瀬に粉をかけてくると思うので、しっかり郁生がガードする。そして打ち上げが終わったら刀瀬とともに帰宅し、いままでの想いを余すことなく言葉にして――。

よし、とうなずいてから、引き戸を開ける。

「いらっしゃい。悪いねえ、今夜は貸し切りなのよ」

妃奈子の母親だろうか。和服姿の女性に申し訳なさそうに言われたとき、奥のほうから「郁ちゃん?」と聞こえてきた。

見ると、座敷から妃奈子が顔を覗かせ、ぶんぶんと手を振っている。

「やっぱり郁ちゃんねー！　こっちよ、こっち。いらっしゃい」

「あら、妃奈子。あんたの知り合いかい?」

「そうよ。将吾んとこのコックさん。お祭りのときにうちの子たちを見てもらったの」

妃奈子が郁生のためにとなりの席を空けてくれたが、郁生が座りたいのはそこではない。素早く参加メンバーに視線を走らせてから、「……ん?」と瞬く。

いったいどういうことなのか。肝心(かんじん)の刀瀬がいない。

「あれ?　刀瀬さんは?」

「ああ、将吾ならビールを一杯だけ飲んで帰っちゃったのよ。っとに素っ気(そっけ)なくて嫌になっちゃう。もうだめだめ、ああいう男はほんとだめ。私の心を木端微塵(こっぱみじん)にして何が楽しいのよ。

信じらんない！」

そんなことを大声で喚くということは、すでに妃奈子は酔っているのだろう。周りの男たちが、「まあまあ、妃奈ちゃん」と困りきった顔でなだめている。

「だけど郁ちゃんが来てくれたからすっごくうれしい。郁ちゃんに声をかけるのを忘れてたから、しまったーって思ってたのよ。ねえ、うちの子たち、迷惑かけてない？　朝イチで迎えに行きます、ごめんなさいって、将吾のパパに伝えておいて」

「了解しました。伝えておきます。では」

これ幸いとばかりに踵を返そうとすると、がしっと妃奈子に手首を摑まれた。

「ちょっとぉ！　何帰ろうとしてんのよ。くだらないボケはいいから早く座んなさい。飲みに来たんでしょ？」

「ボケじゃないです、ぼくは将吾さんに用があっただけなので――」

「母さーん、郁ちゃんにビール持ってきてあげてー。ジョッキでねー！」

妃奈子は何がなんでも摑んだ手を放すつもりはないようだ。無理に振りほどくこともできず、仕方なく妃奈子のとなりに腰を下ろす。ほぼ同時に大ジョッキのビールが郁生の前にでんと置かれた。

「はい、かんぱーい！　じゃんじゃん飲んでねー！」

「ありがとうございます……。乾杯」

せめて刀瀬に電話をしてから家を出るべきだった。郁生が加賀谷を探して脇道をうろうろしている間に、刀瀬は帰ってしまったのだろう。とりあえず一杯だけと思い、急いで大ジョッキを空にしたものの、すっかり出来あがっている妃奈子が郁生を解放するはずがない。

「あら、いい飲みっぷりじゃない。次は何を飲む？　あっ、日本酒のいいやつがあるのよ。母さん、郁ちゃんにあれ持ってきてあげて」

「いえ、ぼくはもう」

「何何、将吾みたいにつれないことを言うつもりじゃないでしょうね？　今日はオールで飲むんだから、覚悟してちょうだい。はい、かんぱーい！」

「う……」

自分の殻を破るつもりで加賀谷へ来たというのに、予想外の展開になってしまった。どうしてこうも要領が悪いのだろう。もし幽体離脱ができたなら、体をここに残して刀瀬のもとへ飛んでいくのに――。

到底無理なことを夢想しながら、お猪口を摘まむ。刀瀬家がひどく遠くに感じられた。

「――しっかりしろよ、おい。へべれけじゃねえか」

濁った意識の上澄み辺りで、刀瀬の声が聞こえる。

どうも抱きあげられているようで、ゆらゆらと揺れるのが心地好い。いくつになっても、抱っこされるのはいいものだ。へへっとだらしなく口許を緩めると、「ったく。幸せそうなツラしやがって」と刀瀬が笑みまじりの声で言う。

たぶん夢だろう。まぶたが重くて持ちあがらないし、体にも力が入らない。睡魔にからめとられた意識はじょじょに輪郭を失くしていき――。

ふっと目が覚めたとき、郁生は自分の部屋にいた。

(あ、あれ?)

まちがいない、寝室として使っている東の六畳間だ。押し入れにしまっていたはずの布団が引っ張りだされており、郁生はその上に寝かされている。何よりもおどろいたのは、刀瀬がいたことだ。浴衣姿であぐらをかき、柱に背中を預けてうつらうつらとしている。

もしかして、夢の続きを見ているのだろうか。

ぱちぱちと瞬きながら四つ這いで刀瀬のもとへ行き、「刀瀬さん……?」と呼びかけてみる。

郁生の声は届いたらしい。刀瀬が眉間を歪めて身じろぎをし、まぶたを持ちあげた。

「おお、郁か。どうだ、体調は」

「体調?」

「んだよ、覚えてねえのか。加賀谷で妃奈子にしこたま飲まされて、動けなくなっちまったんだぞ? 妃奈子のお袋さんが心配してうちに電話をくれたもんだから、俺が慌てて迎えに行ったんだ」

なるほど、そういうことだったのかと、いつもの郁生なら素直に納得し、ご迷惑をおかけしてすみません……とうなだれていただろう。けれど、アルコールがいまだに残っている頭では、うまく刀瀬の言葉を処理できない。

目の前に刀瀬がいる——すなわち、幽体離脱が成功したということだ。

神さまの気まぐれに胸が熱くなった。いつ元の体に戻ってしまうか分からないので、このチャンスをふいにするわけにはいかない。

「刀瀬さんっ」

湧きあがった想いのまま刀瀬にしがみつき、力任せに押し倒す。ゴンッという音が聞こえたが、まるで気にならなかった。

「おい、てめえ——」

「ぼ、ぼくはっ、刀瀬さんのことが大好きなんです！　分かりにくいかもしれないですけど、本当ですっ。刀瀬さんと出会えてよかったなっていつも思ってるし、お付き合いできることになって、すっごくうれしいんです！」

いきなりのことでおどろいたのか、刀瀬が固まった。上にある郁生の顔をまじまじと見てから、じゃっかん怯(ひる)んだような声で「お、おう」などと言う。

「これからは想いのたけをちゃんと言葉にします。刀瀬さんの胸にある恋の花を、真夏のひま

わりみたいにぱかって咲かせてみせますからっ。何があっても転ばせたりしませんからね」

「転ばせる?」

「運命ですよ、運命。どこでどう転ぶか分かんないってことは、一ミリたりとも動かない可能性だってあるということですよね? ぼく、運命をこの手でがっちり握っておこうって決心したんです。ぼくは二度目の恋も三度目の恋もいりません。いつまでも刀瀬さんの恋人でいたいんです」

ああ、言いたいことを言葉にすることができた――。

感極まったせいで涙が滲む。とはいえ、これで伝わったと安心するのは早計だ。とどめを刺すつもりで「好きですっ!」と叫んでから、刀瀬の唇に自分の唇を押し当てる。ぶちゅううっという擬音がぴったりの口づけだ。刀瀬がめずらしく「うんぐっ――」と声を上げる。

「おま、さては酔ってるな。いいから落ち着け。な?」

「な? ってなんですか。ぼくは冷静ですよ。今夜は刀瀬さんにちゃんと伝えないとって思ってたんです」

刀瀬の頬や顎にも唇を押し当てているさなか、ふっと汗の匂いが鼻腔をかすめた。

(ああ、男っぽい香り……刀瀬さんらしいや)

刀瀬はいつも桜太朗と風呂に入ってから離れに来るので、郁生はボディーソープの香りのする刀瀬しか知らない。初めての刀瀬がこの腕のなかにいるのだと思うと、たまらなくなった。

興奮にまみれた息をつきながら、刀瀬の浴衣の前を割る。ついでに帯も引き抜いた。

「あっ、こら――」

「今夜はぼくが刀瀬さんをその気にさせます。刀瀬さんの恋する気持ちが萎んでしまわないように、ぼくに精いっぱいがんばらせてください。ぼくだって本気になればアダルト路線もいけるんです。今夜は覚悟しててくださいね。オールですから」

初めて郁生を抱いたときの刀瀬のように、まずは胸元へのキスから始めようと思ったが、残念ながら郁生は幽体離脱中だ。ここぞというときに意識が加賀谷へ戻ってしまっては困る。寄り道できないのなら、愛したい場所はひとつしかない。

ごくっと唾を飲んでから、刀瀬のボクサーパンツをずり下げる。

「ちょっ、待て待て待て待てっ」

「待ちません。神さまの気まぐれがいつ終わるか分からないので」

「いやいや、酔いを醒ますのが先だろ。とりあえず水を飲んでこい。ああいや、俺が持ってきてやる」

「お気づかいなく。ほろ酔い程度ですから」

萎えていても逞しいイチモツだ。黒々とした茂みに隠れきれていないそれを取りだし、口のなかへ引き入れる。――つもりが、刀瀬が尻を使って後ずさりしたせいで叶わなかった。それどころか、下着の位置まで戻される。

「なんで……なんでだめなんですか？　刀瀬さんはいつもぼくのものを口でしてくれるじゃないですか」

まさか拒まれるとは思ってもいなかった。魅力不足、色気なし——否定の言葉が頭のなかで旋回し、見る見るうちに涙がせり上がる。

「ば、馬鹿、泣くんじゃねえっ。……俺はな、祭りからそのまま打ち上げに行っちまったもんだから、まだ風呂に入ってねえんだよ。自分でも汗くせえなってうんざりしてんだ。そんな体についてるもんを……な？　てめえに咥えさせるわけにはいかねえだろが」

「じゃあ刀瀬さんは、お風呂上がりのぼくじゃなきゃだめってことですね」

「はあ？　んなことは言ってねえ。俺は俺の話をしてんだ。てめえはいつもきれいだからいいんだよ」

「ぼくだって刀瀬さんが汚れてるとか思ってません。刀瀬さんの汗の匂い、男らしくて好きです。さっき、いっぱい嗅いじゃいました」

涙で潤んだ眸で白状すると、刀瀬がくっと眉間に皺を寄せる。

怒っているような顔つきだったが、よくよく見ると、頬の辺りがかすかに赤い。刀瀬でも照れることがあるようだ。いまがチャンスとばかりに刀瀬のもとへにじり寄り、あらためてボクサーパンツに手をかける。

いそいそと下ろしてみると、どうしたことだろう。先ほどは萎えていたはずの男根が、勢いよく郁生の前に躍りでる。暗褐色をしていて生ける凶器のような面構えだが、郁生に乱暴を働くものでないことは、郁生がいちばんよく知っている。

こんばんはと挨拶するつもりで口づけると、先端の切れ込みが膨らみ、露を滲ませた。素直な反応にうれしくなり、今度はぱくっと食んでみる。

「ん――」

まるで大きな肉巻き棒だ。ボリュームがありすぎてうまく頬張れない。それでも張りだした亀頭に舌を巻きつけ、根元の辺りは手で扱く。頬の内側に伝わる熱と硬さは、刀瀬が興奮している証だ。目許が火照るのを感じながら、はむはむと口全体で愛撫していると、刀瀬の手が伸びてきて、遠慮がちに郁生の横髪に触れてくる。

「お前、こんなこと……本当に構わねえのか?」

「ふぁい。ふきれすから、とうせしゃんのこと」

いままで刀瀬が口淫を望まなかったから、応じる機会に恵まれなかっただけで、刀瀬の男根を口で愛することに抵抗があるわけではない。はずかしさはあるものの、刀瀬に悦んでもらえるのなら些細なことだ。

下手なりにも懸命に舌を使っていると、ただでさえ持て余し気味のサイズの肉巻き棒が一回りも二回りも大きくなり、郁生の口蓋に亀頭をぶつけてくる。サイズが大きくなったということは、心地好さが増したということだろう。刀瀬が「ああ……」と深い息をつく。

「夢でも見てるような気分だ。お前は酒に酔うとずいぶん大胆になるんだな」

「らいたんはおきらいれすか？」

「んなわけがねえ。こんなお前が見られるって分かっていたら、たまには酔うほどに飲ませてやったのに」

肉巻き棒が郁生の頬の内側を打ち、苦みのある汁をなすりつけてくる。なかなかの暴れん坊だ。このやんちゃなボクがいつも郁生をめくるめく快感の世界に沈めているのかと思うと、郁生のほうも昂ぶってきた。愛撫らしいことは何もされていないというのに、乱れた鼻息が洩れる。

どうせなら、下の口で頬張りたい――。

まだ早いかな、ああでも……と逡巡しているうちに、下肢の狭間の肉芯がどんどん熱くなっていく。そっと手を這わすと、布越しでも分かるほど硬くなっていた。もう無理と答えを出して暴れ棒を口から引き抜き、刀瀬の目の前でTシャツもパンツも脱ぎ捨てる。

「あの、せっかくなのでお尻でいただいてもいいですか？」

もじもじと太腿を擦り合わせながら訊くと、刀瀬があからさまに唾を飲む。

愛撫もされていないのにそそり立ち、露をまとわせた郁生の性器におどろいたのかもしれない。さすがにはずかしくなり、上向いたそれを両手で覆う。

「刀瀬さんのをはむはむしてたら、感じてしまったんです……」

「郁、お前――」

刀瀬が切なそうに目許を歪めて郁生に手を伸ばしてきたが、それをやんわりと押し戻す。

「ごめんなさい。今日はだめです。ぼくが刀瀬さんを気持ちよくしたいので」

刀瀬に主導権を渡すと、すぐに感じてしまい、わけが分からなくなる。いつもひたすら愛されているのだ。今夜はとことん、刀瀬に尽くしたかった。

「こういうの、ぼく初めてなんで、すっごい下手だと思うんですけど――」

おずおずと刀瀬の上に跨り、右手を使って尻の狭間に刀瀬の男根を導く。

「待て。ほぐしてねえのに入るわけねえだろ」

「入ります、大丈夫です」

刀瀬の亀頭は先走りの露と郁生の唾液で濡れている。それらをローションがわりに使うつもりで、猛った雄を後孔に押し当てる。

「あぁ……」

口よりも敏感な箇所で刀瀬の逞しさを知り、湿った息が洩れた。

片方の手を刀瀬の胸につき、もう片方の手で亀頭と後孔を触れ合わせる。くちゅくちゅと聞こえる音がいやらしくて、自然と腰が前後に揺らめいた。

目を瞑り、顎を持ちあげて、襞の表で刀瀬を味わう。じょじょに蕾がほころんでいくのが分かったので、思いきって腰を沈めてみる。

――が、入らない。

刀瀬の男根は依然そそり立ったままだ。ということは、受け入れる側――すなわち郁生側の問題ということになる。まさか愛情不足だろうか。内心焦りながら勢いよく腰を落とすと、ぴりっとした痛みが後孔に走った。思わず飛びあがり、「っ……!」と眉根を寄せる。

「馬鹿、だから入んねえっつってるだろが」

「で、でもっ」

言いかけたところを振り払われ、畳に転げてしまった。

けっして乱暴に振り払われたわけではないが、刀瀬に拒まれたことに変わりはない。言葉で伝えるように、体でも「大好きです」と伝えたいだけなのに、どうしてうまくやれないのだろう。自分の不甲斐なさが悲しくてうなだれていると、刀瀬が呆れたように息をつく。

「あのなぁ、郁。ろくにほぐしてもねえのに、どうして俺のものが呑み込めると思うんだ。俺のこのマグナムは、てめえの可憐な蕾にすんなり埋まるほど、細くて貧弱だってことが言いてえのか?」

「えっ……そんなつもりじゃ――」

「だったらちゃんとほぐさねえと入らねえだろが」

刀瀬は郁生の髪をわしっとかきまぜると、「ほら、ほぐしてやるから俺の上に跨れ」と腕を引いてくる。

一瞬固まってしまったのは、刀瀬の示した場所が顔面だったからだ。6と9の数字が組み合う形を想像し、たちまち頬が真っ赤に染まる。

「どうした、早くしろ。尻で食いたいってせがんだのはお前のほうだろ」

「い、言いましたけど、その体勢はちょっと……。ぼくには百年ほど早いような気が……」

「おい、俺をその気にさせておいて、いまさら焦らそうってのか？　言っておくけどな、俺は焦らされるのは好きじゃねえ。あとで仕返しするぞ」

「――――！」

仕返しという言葉よりも、好きじゃねえという言葉のほうが胸に刺さり、ためらう気持ちが吹き飛んだ。慌てて言われたままに刀瀬の顔の上に跨ると、ぐっと尻肉を割られ、あらわにされた秘部に刀瀬が吸いついてくる。

「ひゃあっあ……！」

「自分じゃ見えねえ場所だから分かんねえんだろ。お前のここは、楚々としたおちょぼ口なんだ。ちょっといじったくらいじゃ、広がらねえぞ。丁寧に丁寧に溶かしてやらねえと」

言いながら襞を這う舌に、「ぁあんっ」と声を上げて伸びあがる。けれどすぐに引き戻され、交尾前の牝にするように舐めまわされた。

「あっ……は、あ……っあ」

がっちりと太腿を捕らえられているせいで、情熱的な愛撫から逃れられない。刀瀬の熱い舌や息づかいを感じるたび、反り返った果芯が細かな露を散らす。けれどこの体勢だ。刀瀬の顔に不埒な汁が散ってしまうのはいたたまれない。なんとか避けようともがいているのを、刀瀬は勘ちがいしたようだ。

「んだよ、こっちにも欲しいのか？　しょうがねえな、ほら——」

あろうことか、裏筋に吸いつかれてしまい、またもや声を上げて伸びあがる。

「だ、だめです！　きょ、今日はぼくが刀瀬さんを愛したいんです……っ」

「そればっかだな。だったら、てめえの目の前にあるそれをかわいがってやってくれ」

はっとして視線を落とし、天を衝く肉鉾と対面する。

郁生がほったらかしにしていたせいだろうか。心なしか、凶悪度が増しているように見える。

急いで口のなかに引き入れ、亀頭をくちゅくちゅと食んでやる。

だが応えるように刀瀬が後孔にしゃぶりついてきたので、喘いだ拍子に肉巻き棒がつるんと口から出ていってしまった。すぐに摑んだものの、後孔に指を差し込まれ、「ひゃっ」と弓なりになる。

　こんなところに指なんて……と、付き合いたての頃は思っていたが、何度も刀瀬に抱かれているうちに、ほぐされる心地好さを覚えてしまった。媚肉はあられもなく節くれ立った指に吸いつき、奥へ奥へと取り込もうとする。刀瀬はときにそのうねりに逆らい、際まで指を引き抜く。電流のような速さで快感が走り、声にならない喘ぎが洩れた。

「お前、相当飲んでるな。今夜はずいぶん熱いぞ。俺の指まで溶かす気か」

あきらかに興奮している声で刀瀬が言い、左右の手で窄まりを押し開く。わずかに覗いた肉の道に尖らせた舌を突き入れられ、全身の毛が逆立った。

「だ、だめ、そんな……やぁ」

「てめえに怪我させねえためだ。辛抱しろ」

「む、無理……ひゃあ、なかは舐めないでぇ……っ」

懇願する言葉とは裏腹に、首から下は一気に興奮したようだ。ぴちゃっと音を立てて先走りの露が散る。あまりの羞恥に唇を嚙んだものの、うごめく舌の生々しさが言葉では言い表せないほどの快感を連れてきて、甲高い喘ぎが迸る。

「やめ……、ああっ、はぁ……ん」

「たまらねえな。お前のここも、お前の声も――」

刀瀬が中指と中指を埋め、肉の環をさらに広げてきた。声音と同じく愛撫にも熱情がこもっていて、貪るように舌先を動かされる。触れられていない乳首までもがつくんと立ち、身の内で渦巻く快感の濃度を教えている。

ああ、だめ、もう――。

意識が薔薇色に染まるのを感じながら、情欲に潤んだ眸を刀瀬に向ける。

息をするのがやっとで言葉にできなかったが、伝わったようだ。「乗ってみるか？　俺の上に。もう入ると思うぞ」と、尻の膨らみを撫でられる。

お許しが出た。果芯が期待で弾けそうになるのを感じながら、刀瀬の上で体の向きを変える。

刀瀬の肉槍は雄々しく勃ちあがったままだ。灼けるように熱いそれに手を添え、ゆっくりと腰を落としていく。

「は、ぁあ……」

重く湿った音を立て、亀頭が肉の環に埋まった。

まだ先端だけだ。それでも肌が粟立ち、まぶたの裏に鮮やかな花が咲く。
二、三度亀頭を出し入れしてから、腰を沈める。大胆な愛撫を受けた後孔はすっかり蕩けていて、何の抵抗もなく刀瀬を呑み込んだ。
「ああ……すごい……」

身を割る雄の逞しさに恍惚となり、たまらず吐息を洩らす。

思えば、じっくりと刀瀬を感じるのは初めてかもしれない。その熱さと硬さはまさに官能の楔で、埋めただけで達してしまいそうだ。滾った雄の獰猛な脈動が内襞を通じて伝わり、郁生のほうもぶるっと肌を震わせる。

内を満たすものに陶然としていると、刀瀬がじゃっかん困ったような声で言う。

「いつまでそうしておくつもりなんだ？　少しこう、動いてもらえるとうれしいんだがな」

そうだった——。

はっとして、おずおずと尻を前後に揺らしてみる。だが肉の環がみっちりと刀瀬に絡みついていて、思うように動かせない。試行錯誤の結果、前後よりも上下に動かすほうがいいらしいことに気がつき、少し伸びあがってみる。

「あ、……ん」

再び腰を沈めると、じゅんとした快感が広がった。

うれしくなって繰り返し味わってみたものの、どうもテクニックが必要なプレイのようだ。郁生のやり方では、ときどき刀瀬の肉棒が外れてしまう。すぐに自分のなかに戻すのだが、同じことが何度も続くと、次第に焦りが募ってきた。

「すみません……。やっぱりぼく、かなり下手みたいで」

「馬鹿だな。下手でいいんだよ、こういうことは」

「で、でも、ちょっとくらい気持ちよくないと、意味がないような気がするんですけど……」

「誰がいまいちだなんて言った。気持ちいいぞ、かなり」

即座に返され、「え……?」と目を瞠る。

若葉マークの郁生を気づかっての言葉かと思いきや、刀瀬は情熱的な眼差しを郁生にそそいでいる。大きく胸を上下させてつく息はわずかに震えてもいて、とめどなく湧きあがる快感を力ずくで制しているかのようだ。

「ほ、ほんとに……ぼく、いいですか? こんな感じですよ?」

「あのなぁ、お前も男なら分かるだろ？　萎えねえんだから、いいに決まってる。今夜のお前は色っぽすぎて、見てるだけでイキそうだ。だけどなぁ――」

言葉の途中で下から腰を突きあげられてしまい、毬のように体が跳ねた。

弾んだ分、沈むときの衝撃も大きい。股座に鮮烈な快感が広がり、「あっ」と切なく眉根を寄せる。

「お前の腰振りはちょっとばかし、焦れってえんだよ。正直言うと、俺はがっつきたい。てめえを抱くのは久しぶりだろ？　俺に動かせてくれ」

「だめです、だめ」

「ったく、頑固なやつだな。だったら俺の膝に摑まって動いてみろ。少しはやりやすくなると思うぞ」

立てられた刀瀬の膝は、郁生の背中に触れている。アドバイスどおり、後ろ手にそれを抱えると、刀瀬に股座を突きだすような格好になった。自分の濡れそぼつペニスの向こう側に、刀瀬の顔が見える。

いくらなんでもこの景観はない。腕で隠せなくなった分、刀瀬にも欲情しきった郁生の抜き身が丸見えだろう。さすがに目を逸らすと、またもや下から突きあげられてしまった。一度や二度ではない、立て続けに体を揺さぶられ、「あ、ああっ」とかすれた悲鳴を上げる。

郁生のもぞついた腰振りで得られる快楽とは桁ちがいだ。刀瀬を悦ばせたいのだから、刀瀬の好むリズムで動かないと意味がない。羞恥心を押し殺し、教えられたリズムで腰を振る。

「ぁ……ん、は……ぁ」

刀瀬の目の前でわななくペニスや、逞しい胸に散る先走りの露を、はずかしいと思っていたのは最初のうちだけだった。下手なりにも腰を使っているうちに快感の流路ができ、体の隅々まであまやかな波に侵(おか)される。指の先、足の先も、刀瀬の色に染まってしまいそうだ。いたるところに立った快感の白波が、なけなしの理性を奪いとる。

「ぅあ、すごい……どうしよう、ぼく……ぼく」

「いいぞ、郁。俺もたまんねえ」

刀瀬が上擦(うわず)った声で言い、郁生の足の甲を撫でてくる。愛撫と呼べるものではないのにぞくっと肌が粟立ち、いっそう快感が深くなる。

「うれしい、刀瀬さん……好きです、ああ……好き……」

自慰(じい)でもここまで夢中になったことはない。まさか初めての騎乗位に溺(おぼ)れてしまうとは。欲しいと感じたところに、刀瀬のペニスの先端を当てることができるのがいい。媚肉の奥まったところにこりっとした箇所があり、そこに亀頭が当たると、全身が痺(しび)れてしまうほど気持ちいいのだ。

「あん、だめ……ぁあ、や……ん」

「だめってお前、俺は何もしてねえぞ」

「だってこんな、ふしだらです……ぁっ、だめぇ、はうう」

強まる一方の快感に頭のなかをぐちゃぐちゃにされ、自分が何に抗おうとしているのか分からない。奥手で初心な自分が遠ざかろうとしているのが怖いのかもしれない。しきりに頭を振り、「だめ、だめぇ……っ」と喘ぎつつも腰をうごめかすのをやめられず、刀瀬の胸に白濁を飛ばす。

「……っう……ふ……ぅ」

心地好い疲労感に包まれたものの、刀瀬はまだ達していない。この獰猛な雄を絶頂に導くのは至難の業だ。それでも二人で愛情を分かち合いたくて、今度は刀瀬のために腰を振る。

「もっと、激しいほうがいいですか？　……ぼく、これが精いっぱいで……」

「いや、いい。十分だ」

刀瀬は唾を飲んだかと思うと、下から勢いよく腰を突きあげてきた。

「ひゃあ……！」

蕩けてぐずぐずになった最奥を抉られ、やわらかくなりかけていた郁生のペニスがきゅんとそそり立つ。悦楽の余韻をこれでもかと攪拌してくる突きあげに、喘ぐ声もかすれてしまう。何度も意識を白くさせながら、一度目と変わらないほどの精液を撒き散らす。ほぼ同時に体の奥で、刀瀬の肉芯が爆ぜるのを感じた。

どく、どくっと大量の熱液を肉壁にぶつけられ、震える息を吐く。

「ぁ……あ、は……」

体が急速に弛緩し、郁生はへなへなと刀瀬の上に倒れ込んだ。力の抜けた体を刀瀬がしっかり抱きとめ、逞しい腕が背中にまわされる。

(ああ……刀瀬さん、すごいどきどきしてる)

郁生のこめかみを叩くのは、刀瀬の強く激しい鼓動だ。同じように郁生の乱れた鼓動も刀瀬に伝わっていることだろう。互いが互いを求め、同じ海原を泳ぎきることができた満足感にしばらく浸る。

だが鼓動がじょじょに鎮まるにつれ、夢のような心地好さに現実がまじってきた。

「郁」

「……はい」

さすがにその頃には気づいていた。

郁生は幽体離脱などしていない。加賀谷で妃奈子に散々飲まされたせいで酔っ払い、酔った勢いで刀瀬を強引に組み敷いただけでなく、下手な騎乗位まで披露してしまったのだ、と。

瞬く間に羞恥心でいっぱいになり、消えてしまいたくなった。もぞもぞと刀瀬の腕のなかで縮こまり、いまさらながら両手で顔を覆う。

「あのですね、刀瀬さん。ぼくがその……ふ、ふし、ふしだらになってしまったことには、わけがありまして。ああいえ、刀瀬さんに想いを伝えたかったのは本当です。お酒の力もちょっとだけ借りました。ぼくはいつももじもじしてるだけなので、積極的になる必要性を痛烈に感じたっていうか」

「よかったぞ」

「え……？」

刀瀬は郁生のぐずついた言い訳などさっぱり聞いていなかったらしい。満足そうに息をつくと、今度は嚙みしめるように「よかった」と洩らす。

「祭り会場を出るお前の後ろ姿がずいぶんさびしそうに見えたから、気になってたんだ。おおかた、妃奈子の振る舞いがお前をもやもやさせたんだろ？　あいつは悪い女じゃないんだが、お前とはタイプがちがいすぎる。とりあえず打ち上げには顔だけ出して、今夜はじっくりお前のもやもやを拭ってやるつもりだったんだが――」

刀瀬は郁生の体を転がすと、上にのしかかってきた。

「まさかこっちが満たされるとはな」

言葉の意味がいまひとつ呑み込めない。「み、満たされ、る……？」と鸚鵡返しにした郁生に、刀瀬が「ああ」とうなずいてみせる。

「てめえはつれねえときがあるし、わがままも言わねえ。もしかして惚れてんのは俺だけなんじゃねえのかって思うときがあるんだ」

「えっ、ちがいます、ぼくだって――」

びっくりして言いかけたのを、刀瀬が制す。

「いや、分かってる。俺の側で機嫌よく笑ってられるってことは、俺に惚れてるからだろ？　火曜の夜だって、小料理屋並みにつまみを作って俺を待ってるくらいだし」

「です。はい。そのとおりです」

「だよな、分かってんだよ。お前の気持ちはちゃんと伝わってる。それなのにふっと、さびしい気持ちになるときがあるんだ。自分でもどうしてか分からねえ。堅気(かたぎ)のお前に想われて、俺は十分幸せなはずなんだがな」

おそらく郁生のアクション不足が原因だろう。どきどきしながら刀瀬の言葉を聞いていると、ふいに爆発気味の髪の毛をかきまぜられた。びくっとして目を瞠ったのを刀瀬が笑う。目許がやさしい。互いに初めて想いを言葉にしたときの、あの表情だ。

「だけど今夜はちがう。そういう言葉にできねえもやもやを、根こそぎふっ飛ばされた気分だ。やっぱり惚れた相手に求められるってのはいいもんだな。男冥利(みょうり)に尽きる。これほど幸せを噛みしめたことはねえよ」

「刀瀬さん……」

気負いが空回りしただけの夜だと思っていたが、そうではなかったらしい。やはり勇気を出して行動に移してみて正解だった。目頭(めがしら)が熱くなっていくのを感じながら、ひしっと刀瀬にしがみつく。

「ぼく……ぼく、刀瀬さんのことが大好きです。特別なこととか、何もなくていいんです。毎日皆さんのごはんを作って、刀瀬さんやおうちゃんの笑顔が見られて、火曜日の夜にいっしょに過ごせるだけで、すごく幸せなんです。わがままなんて言わないですよ。だって十分すぎるほど大事にしてもらってるから」

「そうか、そういうふうに思っていたのか。参ったな。お前は本当に健気でかわいらしい。俺にはもったいねえくらいだよ」

うぅと嗚咽を呑んでいると、下肢の狭間に滾った雄の楔を感じた。

刀瀬と抱き合っているのだから、刀瀬のイチモツ以外にない。すっと涙が引っ込み、かわりに頬が熱くなる。

「さて、郁。次は俺の番だ。火曜日の夜以外にてめえを抱くのは負担になるんじゃねえのかと思って控えていたが、もう遠慮はしねえ。今夜はオールで構わねえんだろ?」

「オール……?」

そういえば、そんな言葉を口走りながら、刀瀬のボクサーパンツをずり下ろしたことを思いだした。先に宣言したのが自分とあれば、いえいえ、もうお腹いっぱいです、とはとても言えない。赤い顔でこくこくとうなずくと、刀瀬が真剣な表情で言う。

「今夜の献身の礼をさせてくれ。俺以外の男を知らねえお前にあれほど大胆なことをさせておいて、単に夢見心地になってるようじゃ、男がすたる。俺がどれほどお前に恋焦がれているか、余すことなく伝えたい」

耳に情熱的なささやきを吹き込まれ、一瞬で心が薔薇色に染まった。

二度目の恋も三度目の恋もいらない。——郁生の想いがしっかり伝わったからこその展開だ。

幸福感で胸が塞がれたようになるのを感じながら、刀瀬を見つめる。

「郁。俺はてめえに夢中だ。愛おしくてたまらねえ」

「刀瀬さん……」

これから捧げられるだろう愛撫に溺れたくて、ゆっくりとまぶたを下ろす。

熱い口づけが、郁生の鎖骨の尖りに落とされた。

＊＊＊

どれほど離れがたくても、朝はすべての人に等しく訪れる。

特に郁生は刀瀬家に雇われているコックなので、刀瀬家の誰よりも早く起床して、朝食の支度をしなければいけない。

（もう四時半か……。あっという間だったなぁ）

郁生の胸に巻きついたままの腕。ぽつぽつとヒゲの生え始めた顎。強風に煽られたかのような豪快な寝癖。——いままでは見たくても叶わなかった、目覚める前の刀瀬が郁生の布団のなかにいる。刀瀬はこの離れで夜を過ごしても、いつも二時か三時には母屋に帰ってしまうので、同じ朝を迎えるのは初めてのことだ。

（刀瀬さん、ヒゲがあってもかっこいいな。うん、かっこいい）

　昨夜はとことん愛された。

　郁生の体のなかで――それこそ、頭の先からつま先に至るまで、刀瀬の唇が触れていない箇所はないだろう。いま思いだしても、あたたかな海にたゆたうような、うっとりとした気持ちになってしまう。

　いつまでも逞しい腕のなかで昨夜のことを思い返していたいところだが、そうはいかない。最後に刀瀬の肌の匂いを思いきり吸い込んでから、そろりと体を起こす。

「刀瀬さん、刀瀬さん。ぼく、朝ごはんを作りに行きますね」

「ん……。まだいいだろ。雀も鳴いてねえじゃねえか」

「雀がちゅんちゅん言いだしてからじゃ、遅いんです。そろそろ五時が来ますから」

「五時か。くそう、今日は休みを取っておくべきだった」

　名残惜しげに絡んでくる手をよいしょと引き剝がし、シャワーを浴びてからコックコートに着替える。座敷を覗くと、刀瀬はまだ布団の上に転がっていた。ちょいちょいと手招きされたので近づくと、性懲りもなく郁生を布団に引きずり込もうとする。

「もう、だめですってば。朝ごはんが間に合わなくなってしまいます」

「んだよ、つれねえな」

寝乱れた布団の上でため息をつかれ、はっとする。

夜通し愛された記憶がなければ、落ち込んでいたかもしれない。けれど今朝はちがう。おそらく刀瀬の言う「つれねえな」の大半は、本音ではなくて口癖だ。くすっと笑い、駄々をこねる黒ライオンの額に口づける。

「つれなくないですよ。皆さんのごはんを作るのがぼくの仕事です。刀瀬さんにいただいたお仕事だから、ちゃんと全うしたいんです」

科白がよかったのか、それとも口づけたのがよかったのか、刀瀬が満足そうに笑い――眸は眠そうなままだったが――、郁生の頬を二、三度撫でる。

「じゃ、行ってこい。朝メシ、楽しみにしてる」

「行ってきます。ではまたあとで」

今日は夏祭りの翌日でもあるので、簡単なものでいいと言われている。

ということで朝食のメニューは、水菜と梅肉の混ぜごはん、シジミの味噌汁、アジの竜田揚げに、昨夜仕込んだ夏野菜の浅漬けだ。ただ、妃奈子の子どもたちが好むかどうか分からなかったので、シンプルな塩むすびと、じゃがいもとウィンナーのホットサラダも用意した。

いつものように六時を過ぎると、若衆たちが「ああっす」と郁生に挨拶をしにLDKにやってくる。次に桜太朗と妃奈子の子どもたちが祭りのときと同じテンションでやってきて、しばらく遅れて刀瀬と将一郎がやってきた。

　刀瀬はきっと、郁生が離れを出たあとに母屋へ戻り、シャワーでも浴びたのだろう。いつの間にか、てろんとしたジャージに着替えていて、無精ひげもない。髪もそれなりに整えられていた。

「悪いな。急に妃奈子のところのチビどもが泊まることになったから、予定が狂っちまったんじゃねえのか」

「大丈夫です。子どもが三人増えただけですから」

　会話は雇い主と雇われコックのものにしか過ぎないが、眼差しはちがう。昨夜の名残を滲ませた眸で見つめられ、少し照れてしまった。うつむいて上下の唇を巻き込むと、刀瀬が笑って郁生の腰をぽんと叩く。誰にも気づかれないだろう恋人同士らしいやりとりがくすぐったい。

「おはようございますー！　すみません、うちの子たちがお世話になっちゃって」

　元気よく妃奈子が現れたのは、朝食を終え、郁生が食器を洗い始めた頃だった。

「いやいや、構わんよ。妃奈ちゃんの子どもたちならいつでも大歓迎だ」と将一郎が組長らしからぬデレた顔で言い、妃奈子をソファーへ座らせる。

　妃奈子は朝からメイクもばっちりで、肩の出たセクシーなワンピースを着ている。けれど郁生の鼓動がぎくっと跳ねることはなかった。昨夜刀瀬にたっぷり愛されたせいだろう。いまは素直にきれいな人だなと思う。

「あら、郁ちゃん。コックさんらしいじゃない。その服、すっごく似合ってるわ」

「ありがとうございます、――」

コーヒーを出しながら、昨夜飲みすぎたことを謝ったのだが、妃奈子は笑って取りあわなかった。どうも妃奈子以外のメンバーは見事に全員酔いつぶれたらしい。「こいつは俺でも勝てねえほどの酒豪なんだよ」と刀瀬が横から嫌そうな顔で言う。

「やあね、人聞きの悪いことを言わないでちょうだい。それより郁ちゃん、うちの子たちに朝ごはんを食べさせてくれたんでしょ？　いきなりだったのにごめんね」

「いえいえ、全然大丈夫です。みんな、お利口さんだったし」

妃奈子の子どもたちは好き嫌いがないようで、三人とも郁生の作った朝食をきれいに平らげてくれた。特にシジミの味噌汁が好評で、あの小さな貝を真剣な面持ちで食べる姿は、いま思いだしても頬が緩んでしまう。桜太朗も三人の食欲に触発されて、いつもより多めに朝食を食べたほどだ。

「――じゃあ、みんな、帰るわよ。おっきな声でお礼を言って」

「お世話になりましたーっ」

賑やかなやりとりのあと、刀瀬と桜太朗とともに四人を門まで送ることになった。

子どもたちは自然とひとかたまりになり、長い刀瀬家のアプローチを子猫がじゃれ合うようにして駆ける。てっきり妃奈子は刀瀬のとなりを陣取るだろうなと思っていたのだが、意外なことに郁生の側に来た。なぜか小首を傾げ、眉間に悩ましげな皺を刻んでみせる。

「ねえ、郁ちゃん。昨夜あなた、ぼくもとうせしゃんのことがすきなんですぅー！　って叫んでなかった？」

「えっ……⁉」

まったく記憶にない。――が、叫んでいたとしても不思議はないだろう。あれほど刀瀬のことばかり考えていたのだから。

「えっとその、聞きまちがい、とかじゃないですかね？　妃奈子さん、かなりの量のお酒を飲まれてましたし」

「ええー、そう？　郁ちゃん、とうせしゃん、とうせしゃんって、涙目で叫んでた気がするんだけど」

「さささ、叫ばないですよ。ぼくはおそらく、ちびちび日本酒を飲んでただけです。ほら、妃奈子さんのお母さんが出してくださったあれ。めっちゃおいしかったんで」

郁生がしどろもどろになって訴えると、妃奈子は頬に手を当てて考えるような仕草をする。

「そっか。じゃあ夢でも見てたのかもね。実は昨夜のことはあまり覚えてないのよ。地元に帰るとどうしても飲みすぎちゃって。これでも二日酔いなのよ？」

なんとかごまかすことができた。ひとり冷や汗をかく郁生を置いて、妃奈子は三歩先を行く刀瀬のもとへ駆けていく。

「ねえ、将吾(しょうご)。昨夜は彼女とデートだったの？　ビールを一杯だけ飲んで帰るなんて、素っ気(そっけ)ないにもほどがあるわ」

「仕方ねえだろ。惚れてる相手が優先だ」

「んんまあ！　認めるの⁉　やだ、ほんと感じ悪いっ」

「お前も俺にちょっかい出す暇があるんなら、いい男探せよ。いいぞ、恋愛は」

「何よ、デレついちゃって。信じらんない！」

妃奈子は力いっぱい刀瀬の尻を叩くと、ふくれっ面(つら)で郁生のとなりに戻ってきた。まるで女友達にするようにすっと腕を絡めてきて、ため息をつく。

「郁ちゃん。私、さすがに新しい恋を探すしかないみたい……」

こういうとき、親しい友人ならどう声をかけるだろうか。しばらく考えてから、「ドンマイです」と力強くうなずいてみせる。美人で明るくてアグレッシブな妃奈子なら、きっといくつになっても素敵な恋をすることができるだろう。郁生の正直な感想だった。

「――じゃあ、またね。次はお正月に帰省するから」

「おう。気をつけて帰れよ」

門を出たところで、刀瀬と桜太朗とともに妃奈子たちに手を振る。

たった三日間の出会いだったが、思い出にもなったし勉強にもなった。妃奈子に言われたことを心に刻み、これからも恋の花を育てていこうと思う。小花だったり大輪だったり、赤だったり黄色だったりと、そのときどきで咲く花も変わるだろう。郁生の胸はとっくに花畑のようになっているので、刀瀬の胸にも花畑を作りたい。「何言ってんだ、こっちもとっくに咲きまくってるぞ」と刀瀬は言うかもしれないが。

さわやかな気持ちで母屋へ戻っていると、となりで刀瀬がくくっと笑った。

「お前、加賀谷で、刀瀬さんのことが好きなんですーって叫んだのか?」

どうやら郁生と妃奈子の会話を聞いていたらしい。何がおもしろいのか、肩を揺らして笑われ、むっと唇を尖らせる。

「ぼくの記憶にはないんですけど、たぶん叫んだんでしょうね。別にいいです。本当のことですから」

「何が」

「だから、刀瀬さんのことが好きだってことです。昨夜は刀瀬さんに自分の想いを伝えたくてたまらなかったし、妃奈子さんにもやきもきしてたから、感情が昂ぶって声になってしまったんでしょう。心にもないことを叫ぶより、ずっとましですよ」

やらかしてしまったのだから、割り切るしかない。妃奈子のことはごまかすことができても、妃奈子の両親は郁生の叫びをしっかり聞いているはずだ。ため息をついていると、真横から刀瀬の腕が伸びてきて、がしっと郁生の腰を抱く。

「お前なぁ。朝っぱらから二度惚れするようなことを言うんじゃねぇよ」

自分に言い聞かせるための言葉でもあったのだが、刀瀬の胸には響いたらしい。機嫌よさげにぐりぐりと郁生のこめかみに額を擦りつけてくる。獰猛なライオンに懐かれる姿を想像し、思わず笑ってしまった。

先を歩いていた桜太朗が振り向き、「あっ!」と指をさしてくる。

「パパと郁ちゃん、仲よししてるー!」

「おう。仲よしなんだよ、パパと郁ちゃんは」

刀瀬が笑って応え、今度は桜太朗の前で郁生のこめかみに額を擦りつけてくる。

そういえば、桜太朗にパパと仲よしになってほしいからと魔法のキャンディーを渡されたこともあった。桜太朗が「ぼくも仲よししたい!」と言いだしたので、桜太朗を真ん中にして、三人で手を繋いで歩く。

雲ひとつない、夏の澄んだ空が頭上に広がっていた。

あとがき

AFTERWORD……………………彩東あやね

こんにちは。ありがたいことに二冊目の本を出していただくこととなりました。たくさんの本のなかから「愛を召しあがれ」をお手に取ってくださり、ありがとうございます。

表題作は、小説ディアプラス誌に初めて掲載していただいたものになります。私のなかで小説誌は「魅力的なおかずのたくさんつまったお弁当」、すなわち「どこから食べてもおいしい！」というイメージだったので、少しでも多くの方に気軽に読んでいただけることを願って、安心安全・ストレスフリーのほのぼのとしたお話を目指しました。やくざの若頭とコックというカップリングですが、怖いことは何も起こりません（それはいいのか悪いのか……）。

書き下ろしのほうは、恋愛おぼこの郁生がモテ美人と出会い、右往左往するお話です。

そんな二つのお話を、羽純ハナ先生が素敵すぎるほど素敵に彩ってくださいました。男前な刀瀬にふわふわ天パの郁生、そして天使のような桜太朗！　羽純先生の描いてくださった三人を眺めるたび、感激して胸がつまります……！　羽純先生、お忙しい中イラストを引き受けてくださり、ありがとうございました。また、担当さまを始め、編集部の皆さま、本書の刊行に携わってくださったすべての皆さまにも、心より感謝申し上げます。

拙いながらも読者の皆さまに、少しでも甘く幸せな気持ちをお届けできればうれしいです。

夏の終わりのおはなし

「ぼ、ぼくの、きんちゃんがーっ！」

桜太朗の絶叫が玄関先から聞こえる。

郁生は朝食を盛りつける手を止め、細くため息をついた。いつかこういう日が来るんじゃないかと内心ひやひやしていたのだが、今日がまさにその日となったらしい。

桜太朗は玄関にある飾り棚に水槽を置いてもらい、金魚すくいですくった金魚たちを飼っていた。和金が三匹と、出目金が二匹だ。しかし、金魚すくいの金魚たちを長生きさせることは、なかなかもって難しい。祭りから数日後、出目金が立て続けにお星さまとなり、それから十日ほど経つ頃には、二匹の和金も虹の橋を渡ることとなった。

桜太朗は残った一匹の和金に『きんちゃん』と名づけ、それはそれは大切にお世話をしていたのだが――。

「おいおい、朝っぱらからうるせえな。なんの騒ぎだ」

桜太朗の叫びで目が覚めたのか、将一郎が寝間着姿でＬＤＫにやってくる。将一郎が開けっ放しにしたドアの間から、刀瀬が泡だらけの顔で――おそらくヒゲを剃っている最中だったのだろう――廊下を駆けていくのが見えた。

しばらくして、桜太朗が刀瀬に連れられてLDKにやってきた。

「仕方ねえだろ。金魚すくいの金魚はみんなにポイで追いかけまわされるから、疲れて弱ってるやつもいるんだ。保育園に行く前にお墓を作ってやろう。な?」

パパが慰めるも、桜太朗はしゃくり上げて泣くばかりだ。祭りの金魚を死なせてしまったことは、郁生も子ども時代に経験しているので、悲しい気持ちはよく分かる。「もしかしてきんちゃんは百歳くらいだったのかもよ?」と声をかけてみたところ、「きんちゃんはまだちっちゃかった! おじいちゃんじゃない!」と、さらに泣かれただけだった。

「ああもう、しょうがねえな」

将一郎がパンッと手を叩き、桜太朗の前で膝を折る。

「刀瀬組の跡継ぎがいつまでもピィピィ泣くんじゃねえ。じいちゃんがきんちゃんの生まれ変わりを探してきてやる。生まれ変わりだから、今度はピンピンしてるぞ。うん?」

もしや、あらためて和金を飼うということだろうか。「やめてくれよ、親父」と刀瀬がうんざりした顔で言ったが、ぱちっと瞬くと、桜太朗のほうは『きんちゃんの生まれ変わり』という言葉に興味を引かれたようだ。涙に濡れた目許を拭う。

「きんちゃんの生まれかわりって、きんちゃん?」

「ああ、ほぼきんちゃんだ」

「どこにいるの？　川？　海？」

「そいつは分からねえ。だけどじいちゃんがちゃんと見つけだしてやる。お前が保育園から帰ってくる頃には、きんちゃんの生まれ変わりが元気にうちの水槽で泳いでいるぞ」

　桜太朗がぱあっと笑顔になった。

「パパ、パパ！　じぃじがきんちゃんの生まれかわり、探してくれるって」

泣きじゃくっていた桜太朗の眸から涙が消えたのだ。刀瀬はしばらく渋い顔をしていたものの、余計なことは言うまいと決めたらしい。「さあ、朝メシを食うぞ」と、桜太朗の頭をぽんと叩く。生まれ変わりについては一言も触れようとしなかった。


　将一郎は建設会社の会長、もしくは社長という肩書きを持っているのだが、経営のほとんどを刀瀬に任せているため、出社してもたいてい午後の早い時間に帰宅する。郁生がちょうど洗濯物を取り込んでいるとき、ガレージのほうから「お疲れさまです！」という若衆たちの声が聞こえたので、今日も帰ってきたのだろう。

　だが、聞こえる足音の数がいつもより多い。気になって竹垣の向こうを窺うと、ペットショップの作業服を着た男性たちが、ラックや水槽などをえっちらおっちらと母屋へ運んでいるところだった。

（へえ……なんか本格的だなぁ）

ちらりと見えた水槽は、衣装ケースばりに大きなものだ。あのサイズの水槽に和金が一匹暮らすのだとしたら、とんだ豪邸になる。生まれ変わりという表現はさておき、新しくやってきた和金はのびのびと気ままな日々を送ることができるだろう。郁生は将一郎の孫愛を微笑ましく思いながら、夕食作りを始めるべく、母屋へ向かったのだが——。

「どうだい、郁さん。立派だろう」

将一郎からリビングに設置された水槽を得意げに見せられ、郁生は言葉を失った。

「こいつは野生種でな、幼魚ならともかく成魚だと滅多に手に入らねえシロモノよ。都内のペットショップを片っ端から探して、やっと一匹見つけたんだ。河で生まれ育ったこいつなら、祭りの金魚よりも逞しいにちがいねえ。桜太朗も安心してかわいがることができるだろうよ」

「や、でも……」

ぎょろりとした目玉もびっしり並んだ銀色のうろこも、和金のきんちゃんとは程遠い。真新しい水槽のなかで尾びれをくねらせ泳いでいたのは、体長八十センチはあろうかというほどの、堂々たるアロワナだった。

それから一時間後。保育園から桜太朗が機嫌よく帰ってきた。

「じぃじ！　きんちゃんの生まれかわり、おうちに来てくれた？」

「ああ、来たぞ。こっちだ、桜太朗」

玄関先から祖父と孫の弾んだやりとりが聞こえてくる。

これほどＬＤＫから逃げだしたいと思ったことはない。郁生は首根が折れるほどうつむいて、豚肉の生姜焼き用の生姜をすりおろす。

ばんっと勢いよくＬＤＫのドアが開き、桜太朗がてけてけと駆けてきた。

そして数秒の沈黙のあと——。

朝以上の絶叫と号泣がＬＤＫに響き渡ることとなった。


「ったく、何が生まれ変わりだ。おおかた、こんなことになるんじゃねえかと思ってたぜ」

散らかり放題のＬＤＫを見まわし、刀瀬が深いため息をつく。

刀瀬が帰宅するまでの間、まさに修羅場だった。「こんなお魚、きんちゃんじゃない！」「じぃじのうそつき！　大きらい！」と桜太朗は怒って暴れ、誰がどう慰めても聞こうとしない。「金魚のえさを食わせたら、あっという間にでかくなったんだ」と将一郎は主張していたが、そもそもうろこの色がちがうので、どだい無理な言い訳だ。

「親父だって知ってただろうが。桜太朗がかわいがってたのは和金だぞ？　それの生まれ変わりがどうしてアロワナになるんだ。トイプードルとドーベルマンくらいちがうじゃねえか」

「強くてでかい魚のほうが喜ぶかと思ったんだよ。俺だってな、一日かけてこいつを探しだしたんだ。見てみろ、この面構えを。魚のなかの魚ってツラをしてるだろ」

「魚のツラなんか分かるもんか。親父の好みと桜太朗の好みはちがうんだ。桜太朗が泣いて怒るようなことをするんじゃねえ。親父じゃなけりゃ、ぶっ飛ばすところだぞ」

将一郎は将一郎で、よかれと思って逞しそうなアロワナを選んだのだ。それを息子には叱られ、孫には泣かれ、さすがに意気消沈してしまった。刀瀬の脚にしがみついて泣く桜太朗の前で、がっくりと頭を垂れる。

「すまなかったな、桜太朗。じいちゃんにきんちゃんの生まれ変わりを見つけだすことはできんかった。あの魚はそうだな……アロちゃんだ。遠い外国の河を泳いでた魚だ」

桜太朗がちらりと水槽のほうに目をやる。「アロちゃん……」と小さく呟くのが聞こえた。

「桜太朗、じいさんも謝ったんだ。もう泣くんじゃねえ。ほら、土産だ」

刀瀬が持っていた紙袋を桜太朗に押しつける。

「……いらない」

「そう言うな。開けるだけ開けてみろ」

刀瀬に促され、桜太朗が渋々といった様子で紙袋を受けとる。

小さな手でごそごそと包装を解いたのち、涙に濡れた眸が大きく見開かれた。郁生も桜太朗の手許を覗き、「あっ——」と声が出る。

刀瀬が桜太朗のために誂えたのは、美しい錦玉羹だった。銀箔の星がちりばめられているので、水辺ではなく夜空をかたどったものなのだろう。深い群青色の寒天のなかに、練りきりで作られた和金が三匹と出目金が二匹いる。

「お前が大事にしてた祭りの金魚は、みんな空に還っちまった。これぱっかりはパパにもじいさんにもどうにもできねえ。きんちゃんもようやく空に辿り着いて、いま頃はこんなふうに五匹仲よく、天の川を泳いでんじゃねえのか」

「あまのがわ……？」

「遠くの空にある、でっかい川だ。お星さまでできてるんだ」

桜太朗が錦玉羹をじっと見る。その眸から新しい涙がこぼれ落ちたが、先ほどまでの涙とはちがう気がした。

「きんちゃん、しあわせだったかな。赤い金魚も、黒い金魚も、みんなしあわせだったかな」

「お前はどの金魚もかわいがってたじゃねえか。みんな、幸せだっただろ。パパはそう思う」

刀瀬が大きな手で桜太朗の頬に伝う涙を拭う。

なんだかもらい泣きしてしまい、郁生の目許も濡れてきた。

きっとこの夏の経験は、桜太朗を一回りも二回りも成長させることだろう。その夜遅くに刀瀬が郁生の離れにやってきて、「もう二度と金魚すくいはさせねえ……」と、ぐったりと畳に倒れ込んだことは、桜太朗には内緒だ。

この本を読んでのご意見、ご感想などをお寄せください。
彩東あやね先生・羽純ハナ先生へのはげましのおたよりもお待ちしております。

〒113-0024　東京都文京区西片2-19-18　新書館
[編集部へのご意見・ご感想] ディアプラス編集部「愛を召しあがれ」係
[先生方へのおたより] ディアプラス編集部気付　○○先生

- 初出 -
愛を召しあがれ：小説ディアプラス2018年アキ号（Vol.71）
恋の花、育てます：書き下ろし
夏の終わりのおはなし：書き下ろし

[あいをめしあがれ]
愛を召しあがれ

著者：彩東あやね　さいとう・あやね

初版発行：2020 年 5 月 25 日

発行所：株式会社 新書館
[編集] 〒113-0024
東京都文京区西片2-19-18　電話（03）3811-2631
[営業] 〒174-0043
東京都板橋区坂下1-22-14　電話（03）5970-3840
[URL] https://www.shinshokan.co.jp/

印刷・製本：株式会社 光邦

ISBN978-4-403-52506-3